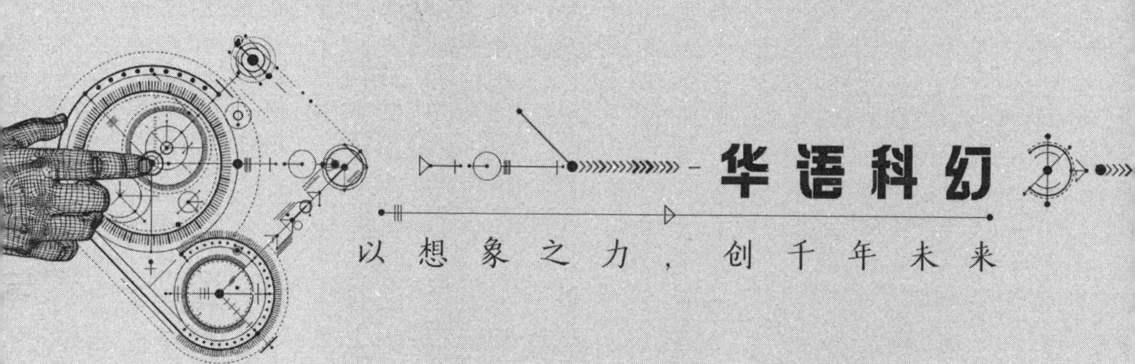
华语科幻
以想象之力，创千年未来

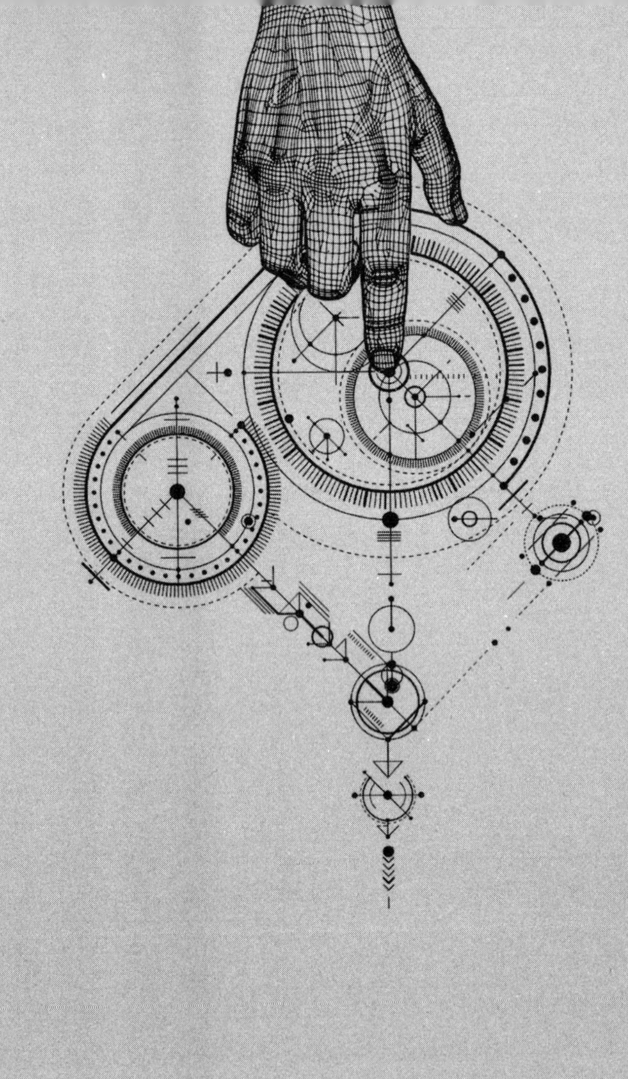

宝树科幻精品系列

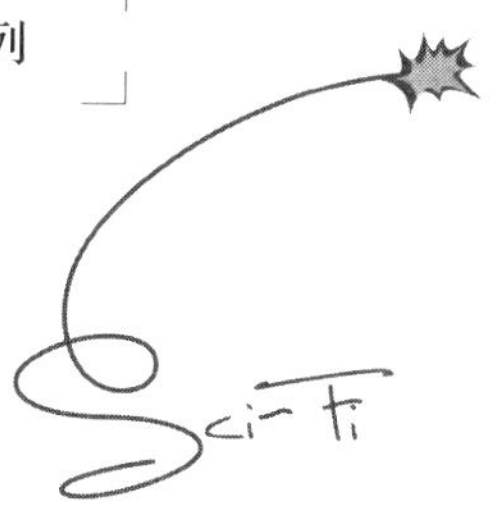

超时空角斗

宝树　著

科学普及出版社
·北　京·

图书在版编目（CIP）数据

宝树科幻精品系列．超时空角斗／宝树著．-- 北京：科学普及出版社，2025. 1. -- ISBN 978-7-110-10828-4

Ⅰ．I247.7

中国国家版本馆 CIP 数据核字第 202494ZD38 号

策划编辑 王卫英
责任编辑 王卫英
封面设计 书香文雅
正文设计 书香文雅
责任校对 邓雪梅　张晓莉
责任印制 徐　飞

出　　版 科学普及出版社
发　　行 中国科学技术出版社有限公司
地　　址 北京市海淀区中关村南大街 16 号
邮　　编 100081
发行电话 010-62173865
传　　真 010-62173081
网　　址 http://www.cspbooks.com.cn

开　　本 720mm × 1000mm　1/16
字　　数 690 千字
印　　张 58
版　　次 2025 年 1 月第 1 版
印　　次 2025 年 1 月第 1 次印刷
印　　刷 天津泰宇印务有限公司
书　　号 ISBN 978-7-110-10828-4 / I · 746
定　　价 180.00 元（全 6 册）

目
录
Catalogue

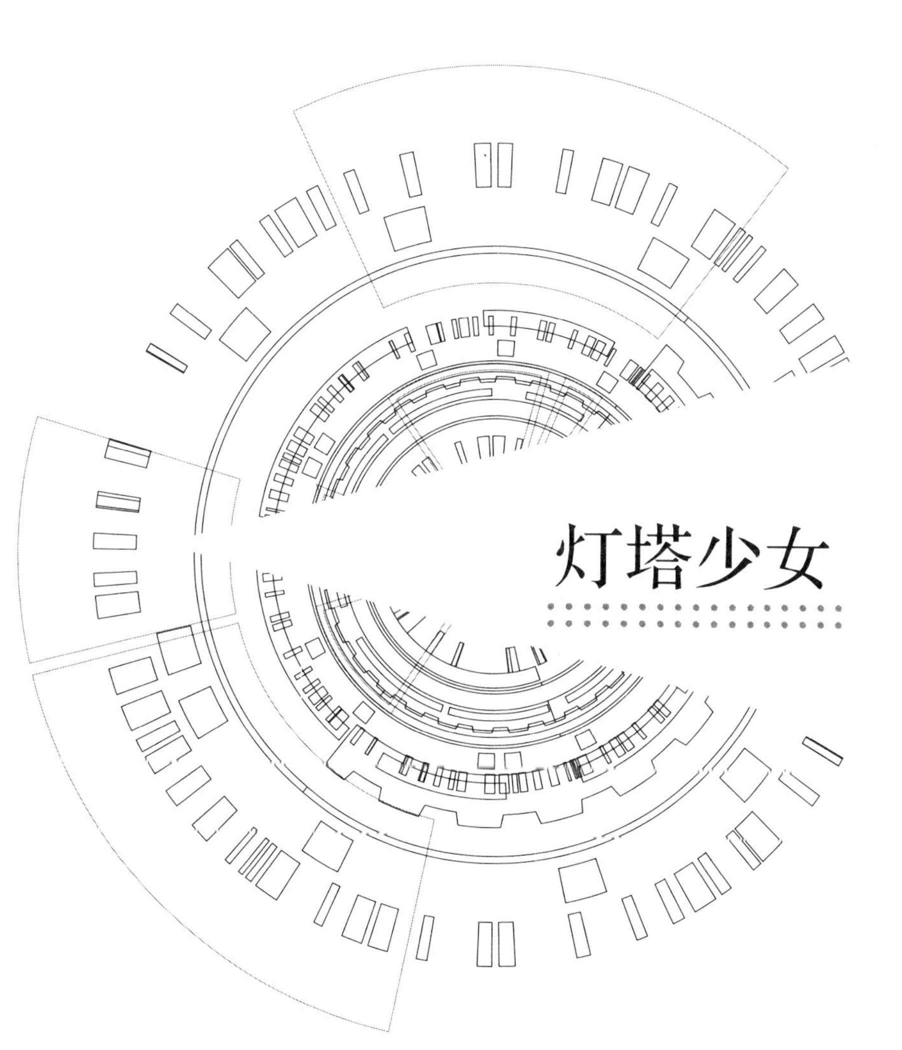

灯塔少女

2027-03-12

我叫凌柔柔——爸爸，是这样吗？——嗯，我叫凌柔柔，今天我七岁啦。我爸爸叫凌东，是他送给我这个小本本当生日礼物的。爸爸说，只要我打开它，对着它说话，我说的话就会变成日记保存下来。所以我要把今天的事记下来。今天，爸爸带我去迪士尼乐园玩了一整天，我漫游了童话世界，还坐了飞行车，然后爸爸带我吃了一个超级大的蛋糕。我过了一个很棒很棒的生日。我许了一个愿：柔柔要永远和爸爸在一起！

2027-05-08

今天爸爸带我去学钢琴，有好多小朋友。我一开始有点儿怕，可不知怎么，我一坐下来就会弹，比别的小朋友都厉害，老师问我是不是学过，不过我一点儿也不记得学过琴。但老师说，我比那些学过的小朋友弹得还要好，可以直接进高级班了。爸爸夸我是小天才，下课以后就带我去吃甜品了。我可喜欢爸爸了！

2027-09-01

今天我要上小学了。我不想去，但爸爸说学校里有很多小朋友，可以跟我一起玩儿。可是我发现其他的小朋友都是和爸爸妈妈一起来的。可是为什么我妈妈没有来呢？电视里的小朋友也有妈妈。我问过爸爸，可是他从来不告诉我妈妈在哪里。有一次我问他，他瞪眼说我没有妈妈。每个小朋友都有妈妈，为什么我没有呢？我想问爸爸，可是他好像一听到我问，他就不高兴，我就不敢问了。其实没有妈妈也没什么了不起的，我有爸爸就好了。

2027-09-06

今天是礼拜天，爸爸带我去了一个地方，那里有很多很多立起来的大石头，爸爸说每个人将来都会睡在那些石头下面。我很奇怪，睡在那里多无聊呀。爸爸带我去中间的一块石头前面，说妈妈就躺在下面。我看到了妈妈的照片，她比其他小朋友的妈妈都要美，我好高兴，我让爸爸把妈妈叫起来和我说话。爸爸哭了，他说妈妈不会和我说话，但是她会永远陪着我，一直陪着我。我不懂，但是爸爸哭了，我心里很难受，所以我也哭了。

2027-09-20

今天上第一节英语课。老师教我们唱字母歌，我跟着唱着唱着，突然嘴里就冒出了一句英语："My name is Jessica，what's your name? "老师问我是不是在幼儿园学过，可是我一点儿也不记得，我都不记得自己上没上过幼儿园，五岁以前的事情我都不记得了。不过老师说，我的英语很标准，要推荐我去参加少儿英语比赛，我可开心了。老师还说，既然我已经有英文名了，以后就叫我 Jessica 吧。回家以后我问爸爸，他说你是小天才嘛。可是我不懂，我明明什么都不记得了，怎么是天才呢。

2028-03-12

今天爸爸又给我过生日了。我们去海边坐了豪华游艇，又去吃了好多好吃的，爸爸还给我买了一个电视上那种会说话、会走路的机器人洋娃娃。我太爱爸爸了！可惜妈妈不能和我们在一起。我想去去年的那个地方看妈妈，但是爸爸说，妈妈的心一直和我们在一起，不用专门去看她了。我又问爸爸，妈妈叫什么名字，爸爸说没有名字。我说怎么会没有名字呢，你叫凌东，我叫凌柔柔，妈妈一定也有名字呀。最后爸爸告诉我，妈妈叫“素素”，这名字真好听。

2032-04-05

今天是清明节假期，我骗爸爸说去找莉莉玩儿，其实是偷偷去看妈妈了。上一次看妈妈已经是五年前的事了。但我还记得很清楚，爸爸以后再也没有带我来过，他一定是太难过了，不想触景生情。不过我现在也长大了，可以自己来了。我是一定要来看妈妈的，我有好多话想跟她说呢。可是到了墓地我就傻眼了，这里比我记得的大多了，到处都是墓碑，可是我要怎么找呢？我转了一圈又一圈，差点儿就要放弃了，可最后我忽然看到了一张照片，就是记忆中妈妈的脸！一定是妈妈在天有灵，指引我找到她的。我看着她的脸，她好年轻啊，二十多岁的样子，很美很美，而且我也长得有几分像她。

那块墓碑上刻着“沈素素之墓”，立碑的是妈妈的父母，也就是我的外公外婆了。妈妈是什么时候去世的呢？墓碑上没有刻，真奇怪。但是这块墓地感觉很旧，周围的墓碑上刻着的下葬时间都是三四十年前的了。妈妈不可能那么早去世吧，要不然怎么会有我呢，她究竟是什么时候走的呢？

晚上回家，爸爸还在工作室里对着他的电脑捣鼓股票什么的，我想问他关于妈妈的事，但如果我问了，他一定不高兴，所以还是算了。

2032-04-07

今天晚上，我趁爸爸出门买东西，把家里的照片都翻了一遍，想找到妈妈的照片，但是什么都没找到。我还发现了一件奇怪的事，我四五岁以后的照片很多，但是以前的，小婴儿的照片完全没有，更不用说和妈妈的合影了。为什么会这样呢？这几年，我一直在想五岁以前的事，一开始什么也想不起来。但慢慢地有一些记忆，我记得当时好像住在外国，每天讲英语，好像有另一个名字叫 Jessica，还有另外的朋友，但是具体的都记不清楚了。我是谁呢？是从哪里来的？我躲在被窝里问自己，忽然觉得好害怕。

2032-04-13

今天在路上碰到一对出来旅游的老夫妻向我问路，人很和蔼可亲，我忽然间有一种奇怪的感觉——他们好像我的爸爸妈妈呀！可是我马上就被自己吓到了。那个男人个子不高，脸圆圆的，头也秃了，完全和爸爸长得不一样，怎么会像我的爸爸呢？但是我闭上眼睛，似乎真的能够想起另外有一对夫妻是我的父母……我被这种感觉吓坏了。

2032-05-16

我把我的苦恼告诉了莉莉。她想了一下，说："我明白了！你爸爸根本不是你的亲生爸爸。"我猛然就明白了。对呀，这样一切才能说通。我本来另外有爸爸妈妈，住在外国，可是不知道为什么四五岁的时候被现在的爸爸收养了，所以根本就没有以前的照片，而且我从小会钢琴和英语，肯定是以前的父母教的。那个沈素素应该也不是我的亲生妈妈，谁知道呢，也许根本就是他随便找了一块墓碑骗我的。我的亲生父母，你们还活着吗？如果活着又在哪里呢？你们知道我在异国他乡，跟着另一个爸爸一起生活吗？

2032-05-19

我发现自己是世界上最傻的傻瓜。今天我终于忍不住，冲进爸爸的工作室问："爸爸，我是不是你的女儿，我的亲生父母在哪里？"爸爸一开始很生气，听我说了一阵以后反而笑了起来。他说我和莉莉都是看电视太入迷了，才根据电视剧里的情节编出来这些情节。他说我们以前的确住在美国，我的小名也叫 Jessica，但是四岁的时候发了一场高烧，所以以前的事都不记得了。我说："那你为什么没有我的照片？"他说："怎么没有呢？"便打开电脑，里面真的有我婴儿时的照片。爸爸说，当时拍了很多照片，但是搬家的时候丢了几本相册，很多冲洗出来的照片找不到了。但电脑里还存着不少，里面还有爸爸、妈妈和我们的全家福。我看到妈妈抱着我，幸福地依偎在爸爸身边。爸爸还说，如果她不是你妈妈，你们怎么会长得这么像呢！我想也是，再说爸爸对我这么好，我怎么会不是他的女儿呢？爸爸还说，当年妈妈是生病去世的，死的时候我还很小，说着又哽咽了，我忙让他不要说了。我真是一个大傻瓜！

2035-04-07

今天发生了一件很奇妙的事。

中学里来了一个新老师，二十八九岁，打扮得很洋气。她不教我们班，但在办公室里见到我，竟然脱口而出"Jessica！"然后好像想到什么，马上笑着说："Sorry，我认错人了，我还以为你是……不可能的。"我的心跳了一下，说："真巧，我的英文名也叫 Jessica。"她听了很惊讶。

我们聊了起来，原来这个老师叫 Elle，是从洛杉矶来的英语外教，不过是华裔。Elle 说，她说的那个 Jessica 是她小时候的玩伴，比她还要大一岁，她们一起长大，但是她十五岁那年 Jessica 搬家走了，那是十来年前的事了。显然那个 Jessica 不可能是我。

我问 Elle 老师："那老师为什么会叫我 Jessica？"她说："因为你们长得实在太像了，你和我记忆中的她简直一模一样。不过你应该比她小十二三岁，肯定不会是她了。"但我还是很奇怪，虽然不可能是她，但这么凑巧也是太奇怪了。我问 Elle 老师有没有 Jessica 以前的照片，Elle 老师说电脑里有，明天拿给我看看。

2035–04–08

我生病了。高烧到快四十度，一整天都没有去上学。去医院看了，医生也说不清楚是什么病，只让我回家退烧静养。可能明天也去不了学校了。我好想再和 Elle 见面呀，我还没看到那个 Jessica 的照片呢。

2035–04–24

我一病就是两个多星期。爸爸让我不要上学了，我问他我得的是不是绝症，他说是能治好的病，但是时间要很长，可能下学期才能回去上学。但我还是好害怕，我觉得他说话吞吞吐吐的，也许他在骗我。也许我要死了。

2035–06–16

前段时间我都是在瞎担心。我的病已经好了，至少最近一个多月都感觉没问题了。我问爸爸是不是可以回去上学了，爸爸说我已经休学两个月，回去也跟不上了。他要带我去澳大利亚旅游散心，下学期换一个更好的精英学校上。听到去澳大利亚我很高兴，但是我舍不得以前的同学和老师：莉莉啊、明明啊，还有 Elle 老师，我刚认识她，但感觉好像和她特别投缘。我说我下学期还是要回学校，落下的功课我可以补上。爸爸答应我去找老师问问，但是我觉得他是在敷衍我。

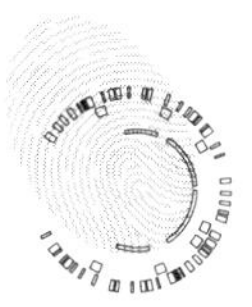

2035-09-11

隐藏模式 # 我想我得把这段日记隐藏起来，我……我不知道该相信谁。

刚从澳大利亚回来，今天就收到了 Elle 的信息！她通过班级的网络群找到了我，听说了我的情况，问我身体怎么样了。我告诉她已经没大碍了。然后她发给我几张照片，是 Elle 和那个 Jessica 的。她们在一片草坪上拍的，两个人都笑得很灿烂。Elle 一点儿没夸张，那个 Jessica 长得简直和我一模一样！

草坪后面有一座尖顶教堂，看上去说不出的熟悉，忽然间，一个名字在我心里响起——“St.Michael”。我问她背后的教堂是不是叫 St.Michael。Elle 吓了一跳，说：“上帝啊，你怎么知道的？”

我不知道我是怎么知道的，但我知道这不能再用巧合来解释了。我和那个 Jessica 一定有某种很深的关系，也许她是我的姐姐？还是我的亲生母亲？可是好像都不对。我想去问爸爸是怎么回事，但此时心里浮起一个念头：我为什么会得了一场大病又忽然好了？是不是因为他不想让我和 Elle 见面，偷偷给我吃了什么药呢？可为什么他会知道 Elle 的事？我从来没有告诉他啊。对了，因为他偷看了我的日记！对，他一直在偷看我的日记！三年前那次，就是因为莉莉告诉我爸爸不是我的亲生父亲，他知道我会去问他，才拿出那些照片打消我的怀疑。可仔细想想，如果爸爸早有准备，伪造一些照片轻而易举。如果爸爸一直在骗我的话……想到这个我简直要疯了！

2035-09-12

#隐藏模式#我一晚上都没合眼，直到天蒙蒙亮才睡着，不过没到九点就又醒了。

下午我和 Elle 继续在网络上聊天，她问我："你知不知道你爸爸是谁？"可我不知道怎么回答，爸爸就是爸爸嘛。

"我是说，你知道他的工作吗？"

但是爸爸从来不去上班。我知道他在工作室里有一台大电脑，每天在上面不知道忙什么。屏幕上各种数据和图表不断跳动，他说他是在进行股票和外汇的交易。爸爸真蛮厉害的，靠这个就能养活我们两个。自我记事以来，我们家从来没有为钱发愁过。

我把情况约略告诉 Elle，她又问我，有没有爸爸的照片。这当然很多了，我打开手机，调出来一堆爸爸的照片，大部分是我和他的合影。发了几张给 Elle。她立刻回了一个巨大的惊奇表情。

"怎么了？"

"我见过你爸爸，他就是……就是 Jessica 的爸爸！"她用语音说。

我感到一阵眩晕，喘不过气来："这怎么可能……"

Elle 告诉我，以前 Jessica 的爸爸那时大概四十多岁，还有几分帅气。他似乎是在一个生物学研究所里工作，不过和周围邻居往来很少。她也是被 Jessica 带到家里玩，才见到过一两次。

虽然 Elle 拿不出当时 Jessica 爸爸的照片，但从她的描述中，我已经信了八九成。问题是 Jessica 和我到底是什么关系？她真是我的姐姐？但即使是姐妹俩，长这么像的也不常见。何况她要是我姐姐，我们怎么会起一样的名字呢？

Elle 又问了我一些关于爸爸的问题，但我都答不上来什么，我这才惊觉，对自己生命中最重要的人竟然了解得如此之少。他是哪里人，每天具体在干什么，怎么生的我，我都不了解。

Elle 又问我："你确定他是你的亲生父亲吗？老实讲，我觉得你们几乎没什么相似的地方。"

我的心又"咯噔"一下，这正是我多年前怀疑的事情。我仿佛是做了一个恐怖的噩梦醒来，发现一切正常，舒舒服服地过了几年，但最后发现其实这才是梦，而噩梦反而是现实……

最后，Elle 出了一个主意，让我设法弄到爸爸的几根头发，这样就可以进行 DNA 的检测，弄清楚我们有没有血缘关系了。

2035-09-15

隐藏模式 # 爸爸是彻底不想让我回去上学了，他告诉我，要带我去巴黎住几年。巴黎！以前听到这个消息我会高兴得发疯吧。但是现在，我只觉得心里一阵阵发冷。爸爸为什么要逃离这里？他是不是怕我发现什么？还是他想带我去国外，做什么可怕的事情？

说起来，爸爸虽然是中国人（应该是吧？），但好像在国内没有任何亲戚，和周围的人往来也很少。他是逃犯吗？还是间谍？还是变态杀人狂……我不能再想了，再想我真的会疯掉。

不过我顺利地在枕头上拿到了他的头发，我要拿去给 Elle，很快就可以知道答案了。我已经预感到，这个答案是我不想知道的。

2035–09–27

隐藏模式 # 等了好像一个世纪那么久，DNA 检测报告终于出来了，Elle 帮我去拿的，用手机拍照传给我，报告证明了我最可怕的怀疑：爸爸和我没有任何血缘关系！我躲在厕所里偷偷地哭了一场。结果被爸爸看到了，问我怎么了，我说是舍不得这里的朋友。这件事好不容易才掩饰过去。

Elle 说，已经找了一个私家侦探在查爸爸的底细，但让我一定要忍住，不要打草惊蛇。可是爸爸下个月就要带我去法国了，如果到时候什么也查不出来该怎么办呢？

2035–10–09

隐藏模式 # 今天，Elle 终于约了我见面，说有重要的话要跟我说。

我们在一家咖啡馆里坐定，Elle拿出一沓厚厚的资料，表情凝重地递给我。我看到最上面是一个叫作凌勇的人的简历，这和爸爸有什么关系？ Elle 似乎看出了我的疑惑，解释说：

“凌勇就是凌东，你的——爸爸，或者说是养父吧。他改过名，中间又在好几个国家住过，非常难追查。不过他还是留下了蛛丝马迹，让侦探查到了他的身份。

“从头说起吧，他本名叫凌勇，出生于20世纪70年代，1991年进入燕京大学生命科学院读书，1995年去美国宾夕法尼亚大学留学，攻读生物学博士，2001年取得博士学位。后来他在墨西哥国立大学从事博士后研究，研究方向是加勒比海一种水母的DNA编码……”

我翻着手头完全看不懂的资料，似乎都是那个叫凌勇的人的论文，大部分是外文。这是我爸爸吗？但是听起来……是一个完全陌生的人。

可是很快，另一个我熟悉的人名出现了。

“在燕京大学读书期间，他认识了一个叫沈素素的女生——对，就是你的‘妈妈’——他们很快陷入了热恋，并且在毕业后就订婚了。”

这么说，爸爸有一点没有说谎，沈素素的确是他的爱人。但她是我妈妈吗？也许我是沈素素和其他人生的？但那时候离我出生还有将近二十年呢，这中间发生了什么？

Elle继续说下去：“沈素素并没有和凌勇一起出国，而是留在国内读书。当时是20世纪90年代，互联网、手机等还没有兴起，两个人联络不便，对他们的感情有很大影响。具体发生了什么，已经过去了三十多年，很难弄清楚了。只知道沈素素被一个富家公子追求，感情也起了变化，最后她决定和凌勇分手。凌勇赶回国想要挽回，有人听到他们吵架，后来凌勇回了美国。没过多久，沈素素突然失踪了。”

我想到了什么，低呼了一声，Elle继续说：“沈素素的失踪，嫌疑很快集中在了凌勇身上，出入境记录显示，在沈素素失踪那段时间里，他竟然秘密回到了国内，但很快又出国了。警察怀疑是他因爱生恨，绑架了沈素素，沈素素很可能已经遭到了杀害。”

“不，不管怎么说，爸爸不会杀人的！”我脱口而出。

“但愿不会吧，”Elle叹了口气说，“不过警方虽然怀疑他，但他在国外，难以传讯，也没有确凿的证据可以引渡他回国，案子最后不了了之。凌勇大概也是做贼心虚，后来很多年一直没有回国，沈素素也一直在失踪状态。三年后，有旅游者在市郊的山林里发现了一具骸骨，七零八落的，已经遭到了……肢解，甚至头骨也不见了。好了，不说恶心的细节了……附近有一些残存的衣服，确认是沈素素的。后来，从DNA也证实了死者就是沈素素，她果然在三年前就被害了。”

我仿佛掉进了冰窟中，无法抑制地颤抖起来：“你不会说是爸爸……把她给……给……”

“不知道，一直也查不到确凿证据。沈素素的父母当然悲痛万分，将这些骸骨收拾起来火化，然后给葬了，就是你看到的那块墓地。奇怪的倒是凌勇，几年后，有人看到他带着一个七八岁的小女孩，说是从国内接来的女儿。”

“这就是Jessica？”我已经猜到了七八分。

但我竟然猜错了。“不，那是2005年左右，当时Jessica当时还没有出生，这孩子叫Karla，我想方设法找到了一张她仅有的照片，就是这个，看，她和Jessica，还有你，一模一样！”

我看着一张和自己小时候几乎一样的脸，再次感到了窒息：“这……这到底是……”

Elle说：“柔柔，我有一个可怕的猜想，你要有心理准备。我想你和Jessica，还有Karla，你们都是沈素素的克隆体。克隆技术早已经出现，克隆人虽然一直被禁止，但对凌东这样懂行的生物学家来说，实现起来并不难。”

“克隆人……”我只是从科幻电影里了解一点儿这个概念，“你是说爸爸——凌勇——凌东——搞到了沈素素身上的细胞，用它复制出了我们？他为什么要这么做啊？！”

“这很明显了。他对沈素素有变态的情感，因为沈素素背叛了他，他杀了沈素素，可又舍不得她的离去，于是利用她的细胞克隆出了和她长得一模一样的孩子。”

我的脑子一团混乱，努力让自己理清头绪：“等等，如果这样，克隆一个就好了，为什么先后有三个人呢？”

Elle 的脸色变得更难看，她压低了声音说：“这就是我特别要告诉你的，柔柔，你的处境非常危险！之前的 Karla 和 Jessica 先后都失踪了，而且都是十六岁前后失踪的。同时凌东转去了另一个国家，以前认识 Karla 和 Jessica 的人当然认为她们和凌东一起走了。但是凌东根本就没有带着她们！在她们身上发生了什么事，只有凌东知道。”

我打了个寒战：“那他说要带我去法国，难道……难道是要……”

“不能排除这种可能性。”

“那我该怎么办？报警？”

Elle 想了想，无奈地摇摇头：“找警察没有用，目前我说的一切都是猜测，没有实际证据。那些警察不会相信这么离奇的事……不过那个家，你是不能待下去了。这样吧，你先跟我走，你应该持有美国护照，我可以带你去美国找我的朋友，保证凌东找不到你。”

但我又犹豫起来，这一切目前只是 Elle 的一面之词，也许爸爸根本是冤枉的呢？也许另有内情呢？譬如，如果我是克隆人，为什么又会有一些似乎属于 Jessica 的记忆呢？

“我……我还要想一想。”我说，“事情还有很多疑点，我要先搞清楚。”

Elle 没有再逼我：“那你自己要小心，做好准备。如果发生了什么情况记得第一时间联系我。”

2035-10-10

熟悉的家已经变得越来越阴森可怖，但我还要强打精神，装作若无其事的样子和爸爸——不，凌东周旋下去。今天平常做饭的阿姨告假了，白天他一直在工作室里忙碌，吃晚饭的时候我提议出去吃，我们就去了附近的一家馆子。但刚坐下就听到隔壁桌的一对男女在吵架。好不容易听明白，是那个女生因为异地恋而见异思迁，要和男生分手。男生愤怒地甩了女生一记耳光，女生哭着跑了。

我心中一动，这不正是当年凌东和沈素素恋情的翻版吗？凌东正是因为这个杀害了沈素素。我想也许可以试探他一下，所以故意说："爸，你看这女的多不像话，欺骗人家的一片真心，简直该死。"

话音刚落，凌东就猛砸了一下桌子："该死，真该死！为什么我没有——"他没有说下去，可是眼睛红了，声音也在发抖，显然被刺激到了。这证实了 Elle 的怀疑：他对沈素素的确怀着刻骨的仇恨！为了毁灭她，他什么事都干得出来。

我心中惊怒交加，但也害怕他狂性大发，立刻行凶，只能勉强挂上笑容："爸，别人的事你那么激动干吗，来，我们先干杯！"

凌东叹了口气，和我干了一杯。我刻意讨好他，聊了些以前父女间的事，以前每年怎么过生日啊，一起去哪里玩啊，我对他搞的恶作剧啊……其实想想，我们之间真的有很多温馨往事，可是今天聊起，却是各怀心事，物是人非了……

凌东似乎一直没有从刚才的情绪里恢复过来，看上去心情很恶劣，拼命地喝酒，要了一杯又一杯的酒。最后出门的时候已经有八分醉意，我们打车回了家，凌东一进房门就倒在沙发上睡着了，鼾声如雷。

我想 Elle 说的话基本已经证实，再在这个家里待下去只能增添危险。于是我给 Elle 发了一条讯息，然后上楼拿了护照、现金和一些换洗衣物，想要溜走。但经过工作室门口的时候，却发现门虚掩着，里面的电脑还在运转。我不由停下了脚步：凌东每天在这间屋子里到底干什么呢？真的只是在炒股吗？这里到底隐藏着什么秘密？

我往客厅看了一眼，凌东应该还在沉醉中，鼾声清晰可闻，看来得睡到明天早上了。我壮着胆子进了工作室，查看他的电脑，但此时电脑处于锁定状态，屏幕上出现了一个对话框，要求输入密码。我哪知道他的密码，试了几个“susu”“lingyong”“Jessica”都不行，只有作罢。又查看桌上，一角的确放着一些金融、股票类的书，但似乎并没有翻动的迹象，摊在面前的反而是一堆打印的英文论文，我翻了一下，好像都是关于生物学的。我几乎看不懂什么，但有一个奇怪的词汇在所有论文中都不断出现——*Turritopsis dohrnii*。

我好奇地打开手机，扫描了这个词，查看翻译，跳出来一个中文单词“灯塔水母”，还附有简略的介绍：灯塔水母是水母的一种，大小只有 4~5 毫米，它在性成熟后会重新回到水螅型状态，并且可以不断重复这一过程……

我不明白这说明什么，只看懂了这的确是一种水母。这么说，难道这些论文都是关于一种水母的？我想起来了，Elle 昨天说过，凌东以前是研究水母的，还真对得上号。但是都过去这么多年了，他也不再是生物学家，为什么还在看这方面的论文？

我又翻看那些论文，只能看出是关于这种水母身体构造和基因序列方面的专门研究，但看不出所以然来。其他方面更是找不到任何线索。我打算放弃了，可这时候目光又扫到了那个输入密码的方框。我起了一个念头，坐在电脑前，直接输入了一串“*Turritopsis dohrnii*”，不过再次提示密码错误，我想哪有这么巧的事，刚想走，但又想到一个念头，便把所有字母改成大写并取消空格输入——“TURRITOPSISDOHRNII”。

电脑竟无声无息地解锁了！

我激动地凑了上去，看到了凌东很多年一直在搞的那个软件，我看不太懂那是什么，但显然不是股票之类的东西。我翻来覆去看了半天，发现似乎是对一些有机分子的结构和化学反应进行模拟，好像也和灯塔水母有关，但具体的一点儿也看不懂了。

我把这个程序最小化，又在他电脑里搜寻起来，这一回我很快发现了目标：四个文件夹“S”“K”“J”“R”。

这些天来，那些名字一直在我脑海盘旋，我立刻猜出了这些缩写的含义：素素、Karla、Jessica 和……柔柔。

我的心狂跳起来，先点开“S”，果然出现了很多照片和视频，都是近四十年前沈素素和凌东恋爱时拍的；我一时看不明白那么多，又点开“K”，里面是一个小女孩从小到大的生活，她穿着完全不同的衣服，梳着完全不同的发型，在另一个国家生活，却和我长得一模一样，那就是 Karla。Jessica 也是一样。只是又在 Karla 之后好几年了。

“我们真的是克隆人吗？”我梦呓般地想。像是拼命挣扎，却抓不到一根救命稻草的溺水者。

我颤抖着点开一个视频，是七八岁的 Jessica 在和凌东一起过生日，和我小时候很像，只不过是近二十年前的事了。另一个视频，是 Jessica 在一场儿童演出中表演舞蹈，还有一个视频是他们一起去钓鱼……

我不想再看这些日常生活的片段，刚想关掉，忽然发现最后有一组容量非常之大的视频，似乎有些不同。我打开了一个时间标注为

2024 年 1 月 8 日的视频，看到了极其恐怖的一幕：

那好像是一个类似实验室的地方，十六岁的 Jessica 赤裸着身体，仰天倒在床上，似乎已经昏迷不醒。凌东拿着一个硕大的针管朝她走去，将其中的液体打入她体内。

Jessica 中间醒了过来，挣扎了几下，含糊嚷了几句，但被凌东死死按住，让她无法反抗。被注射完之后，女孩身体蜷缩成一团，再次陷入沉睡。凌东随后离去，视频长期处于静止状态。我点开日期是第二天的下一个视频，看到 Jessica 仍然处于沉睡状态，只是皮肤上长出了一些类似疹子的东西。我跳到几个视频之后，发现那些疹子已经变成了奇怪的黏膜，把 Jessica 的身体一层层包裹起来。

几天以后变化就越来越明显了，Jessica 已经没有了人形，被一层层膜包裹住，仿佛变成了一个“蛋”或者“茧”，再也看不见头脸。凌东每天来观察一下，大约一个月后，正好是 3 月 12 日，这个茧裂开了，浓稠的血浆和天知道是什么的糊糊从里面流出来，一个小脑袋也伸了出来。凌东听到响动，走进镜头，将茧撕开，抱出了一个浑身血污的孩子，看上去有四五岁。

“素素，”我听到凌东说，声音不知道是悲伤还是喜悦，“你果然又重生了。这一次，叫你什么好呢？就按以前我们一起养过的猫咪的名字，叫你柔柔吧……”

素素……柔柔？

我感到无法呼吸，呆呆地不知站了多久，目光无意识地又落到桌上摊开的论文上，“*Turritopsis dohrnii*”一词再次映入眼帘。

“性成熟后会重新回到水螅型状态，并且可以不断重复这一过程……”

我终于明白了这句话的意思，灯塔水母可以不断地从成年态返回幼年态，一次次地循环，永生不死。

我明白了一切。

我根本不是什么克隆人。

我就是沈素素，就是 Karla，就是 Jessica。

凌东为了惩罚沈素素，把她——也就是我——变成了一只灯塔水母！他通过注射药物，让素素一遍遍地从十六七岁的近成年状态重新被打回到四五岁，从而永远无法脱离他的掌心。每一次轮回，我都会丧失记忆，把他当成最亲的人，任他左右。直到最后被绑起来我才明白了真相，但一切都来不及了。

我活着，却永远无法变成一个大人；我死了，却又被重新带到这个世界上来，和一个丧心病狂的恶魔生活在一起。

这是凌东对“我”背叛他的惩罚，世界上最可怕的惩罚。

我颤抖得几乎无法站立，一步步向后退去，却发现自己撞到了一个人身上。我回过头，发现自己正对着凌东阴沉的脸。

“你……你怎么会在这里……”凌东心虚地说，看了一眼还在播放着视频的电脑屏幕，表情一下子扭曲得宛如魔鬼。

“啊——”我大叫起来，用力推开他，向外跑去。

“柔柔，你听我说！”凌东一把抓住我，不让我走，我随手抓起桌子上的一个加湿器，砸在他脑袋上。凌东应声倒地。但他没有像电影里那样昏过去，却还在挣扎着爬起来。

我大步冲出房门，不顾一切地向外跑去。拐过路口，就看到了 Elle 的车，她在那里已经等了很久。我上了车，Elle 发动了车辆，想去机场，但我拉住了她。

“去警察局！”我说，“我找到证据了，我要让这个恶棍为自己所做的一切付出代价！”

2035-10-12

昨天，我和 Elle 报了警，但是当警察赶到的时候，凌东已经及时销毁了所有的犯罪资料，那些本来就在他的电脑里，彻底删除后谁也找不到。凌东还尝试把一切说成是一个“问题少女”的异想天开，他差点儿也成功了。警察都不相信我说的离奇故事。

但有两点，凌东说什么也没用：第一，他就是当年的凌勇，沈素素之死的嫌犯；第二，我和他并没有血缘关系，根本不是他的女儿。警察也起了疑心，暂时没有把我交给他，而是带我去了一个反家暴中心先住下来。而且开始调查他的背景资料。凌东快完了！

2035-10-15

凌东忽然失踪了！警察说他可能来找我报复，让我当心。Elle 说很快会带我回美国，相信凌东再也找不到我了。但是我还是很怕，害怕有一天再次落入他的掌心。警察你们快点儿找到他呀！

2035-10-24

凌东死了……

他的尸体在海上被发现，已经死了很多天，大概是我失踪那天他就自杀了。

听到这个消息我大哭了一场。一个月前，我都不会想到，他会是这个下场。如今他死了，那个恶魔从此消失，可是以前那个亲爱的爸爸，也再也不会回来了。

警方认为，凌东是怀着对沈素素的变态感情拐带了我这个不明来历的女孩。当然还有很多说不通的地方，不过凌东一死，这个案子也就结束了。

有一些嗅觉灵敏的记者还在打探内幕。不过 Elle 跟我说，让我不要跟任何人提灯塔水母的事，如果外界真的相信，我不是被秘密机构抓去做科学实验，就是沦为媒体炒作的焦点，一辈子都毁了。我觉得她说得很对，其实现在我自己都开始怀疑，那天晚上看到的视频是不是真的了。

Elle 说，让我和她一起回美国，重新开始。我不想花她的钱，但她说，她有很多钱，无所谓的，让我接受她的一片心意，毕竟我们从上一世就是好朋友。

我答应了，希望我的生活能有一个新的开始。

发件人：TURRITOPSISLING@Kmail.com

时间：2035 年 10 月 20 日 0 点 0 分 0 秒

收件人：Elle.Li2010@Starmail.com

Dear Elle：

这是一封按时间自动发送的邮件，当你看到这封邮件的时候，我的身体应该已经沉入海底，进入生物圈的永恒循环了。你和我，我们所有人，最终都会如此。

除了素素。

为了素素——就像你已经知道的，她就是柔柔——我必须去死。警察很快就会发现她的身份是伪造的，然后调查我的过往。他们最终会发现真相，而素素不是成为科学家趋之若鹜的试验品，就是曝光在全世界面前，承受世人看怪物一样的目光，无论哪一种都会毁了她。只有我的死才能中断警方的调查。

你一定会想，这一切不都是我造成的吗，还好意思说什么“为了素素”？

但真相不是你和柔柔想的那样，完全不是。事情的另一半，你们一无所知。

三十五年前，我正在国外进行科研，憧憬着将来和心爱的姑娘过上幸福的生活。此时，素素忽然对我提出分手，我无法接受，抛下一切回国。见到素素后，她憔悴了很多，但坚持要和我分手，我们吵了好几架，也无法改变她的心意，我愤然离去，决定和她一刀两断。但刚回到美国，就接到了她母亲的电话，得知了可怕十倍的真相！原来，素素得了淋巴癌，发现的时候已经是晚期，根本无药可救了。所以她瞒着我，编造了一个理由和我分手，让我不要再想念她。正好出现了一个富二代在追求素素，但素素心里根本没有他，只是拿他作为借口。

我知道真相以后，心里只有一个念头，就是要救素素，无论如何要救素素。你知道癌症的原理，就是细胞发生了变异，疯狂地繁衍自身，无法停下，最后把整个人体的养分都吸光。目前没有可行的办法遏制这种可怕的疾病。但这时候，我有了一个疯狂的主意。

我正在研究灯塔水母，这种水母在性成熟后能够逆序生长，所有的细胞都发生变化，

身体变成一个胞囊，从里面再长出幼态的灯塔水母，重新长大。就这样不断循环，永远不会自然死亡。当时我的研究正好有了突破性

的进展，找到了控制灯塔水母发生逆向变化的基因。我想，也许这样的力量才能阻止癌细胞的扩散。

我将这些提取出来的基因植入一种逆转录病毒内，这样它们就可以把灯塔水母的基因带到人体里。我将一小瓶试剂偷偷带回国内，可当时素素已经生命垂危，昏迷不醒了，我连和她最后一句话都没说上。

我说服了素素的父母死马当活马医，对她进行了注射。很快出现了柔柔在视频里看到的“结茧”现象，她变成了一个怪异的肉茧。七天后茧破开了，里面是一个看上去只有四五岁的小女孩。她看上去长得和幼年的素素一样，只是没有了素素的记忆。这就是Karla，她是素素的身体重组的产物，只有大脑的核心部分基本保留下来，但也发生了退化。

至于素素身体其他部分变成的“茧”，里面还有不少人体骨骼和组织，我偷偷把它埋在荒郊野外，几年后残余的部分露出地面被发现，竟被当成了素素被肢解的身体。这一事件也就成了一起杀人案。

当时我和素素的父母都意识到，必须隐瞒Karla的存在，否则她会成为全世界注意的焦点。我们先把Karla送到了孤儿院，再由素素父母出面收养。但是这就出现了一个问题，原来的素素活不见人，死不见尸，那个富二代追求者找不到她，竟愤然报警……我当然成了警方最怀疑的对象，好在那时候我已经到了国外，警方也无可奈何。后来，我在墨西哥继续进行灯塔水母的研究，但是在哺乳动物身上的研究再也没有成功过。所有被注射了试剂的动物在结茧后都死去了。我怀疑是当时素素的癌细胞与灯塔水母的基因有一种特殊的结合，才产生神奇的效果，只是这一点再也无法证实了……

但这几年的研究开发出了一种副产品，一种从灯塔水母体内提取的生物酶制剂，注射后能够让人体细胞富有活力，延年益寿。这种发明虽然比起灯塔水母的真正效果来讲微不足道，但是却可以投入应用。我申请了专利，靠这个赚了好几千万美元，以后几十年里我和素素衣食无忧，主要就是靠这个。

这些年中，我暗地里跟素素的父母联系，Karla 刚刚出世时虽然一无所知，但是还有一些生活和语言的能力，很快可以恢复到四五岁儿童的水平，甚至可以找回一些零碎的记忆。

素素的父母年纪大了，精力不济，而且 Karla 和素素越来越像，也引起了周围人的议论。我赚到钱后设法把 Karla 接到了墨西哥，由我照顾。此时的 Karla 对我来说更接近一个小女儿，我对她的爱发生了变化，却一点儿没有减少，我发誓要让她幸福。

我以为作为 Karla 的素素就可以这样一直生活下去，长大成人。但到了十六岁（实际上是十二岁）那年，她又一睡不醒，皮肤粘连在了一起，成了一个“茧”……这证实了我最可怕的猜想，灯塔水母的基因将一直在素素体内起作用，她只要身体一发育成熟就会返回幼年，这个循环无法破解！

我到了美国，重新开始了研究，设法让素素——现在是 Jessica 了——摆脱这种状态。十一年前，当她出现重新结茧的征兆时，我就给她注射我新研发的试剂，希望能中止这个过程，并且录下视频进行研究。这就是把柔柔吓坏的那个视频。其实我只是延缓了她返回幼年的进程，但是无法阻止，最后 Jessica 也不可避免地重生了，变成了柔柔……

Jessica 的失踪和柔柔的出现给我造成了一些麻烦，我只有又回到国内。后面的事情，你们都知道了。我继续通过电脑程序模拟研究灯塔水母的基因对人体的影响，但是收效甚微。那么多年过去了，我年纪也已经太大了，脑力越来越难进行尖端的研究。我知道自己无法阻止下一次循环，只有放下一切，再一次享受和素素在一起的时光。但十二年后，等下一次循环开始，我就已经太老了，扮演她的父亲也说不通了，那时候该怎么办呢？

好在她遇到了你，这个问题也就无须我再考虑了。

Elle，我知道你是一个好心肠的女孩。如今我只有把素素托付给你。她将会在大约半年后开始新一轮的循环，重新成为一个没有记忆也没有身份的幼儿，她自己对此还一无所知。素素的父母早已去世，这一次，你是唯一可以帮助她的人，希望你能当她一直期盼的“妈妈”。我名下还有大约两千万美元的存款、房产和公司股权，在我身后都属于你，归你支配。获取方式在附件里有，你可以拿这些钱充分满足自己的生活所需，相信你也会好好照顾素素的。

我想了很久是否要告诉柔柔真相，但最后决定还是不要说了。当年素素隐瞒了她的病情，宁愿让我恨她也不愿我为她难过，想必心情也是一样的吧。何况，当她再一次沉睡之前，至少也能怀着自己会长大成人，开始正常人生的希望；而当她再一次重生之后，也会忘记了这一切，和你这个“妈妈”无忧无虑地生活在一起。我想，这也是一种幸福吧。

不论以什么形式，只要她能一直幸福下去，就是最好的了。

凌勇绝笔

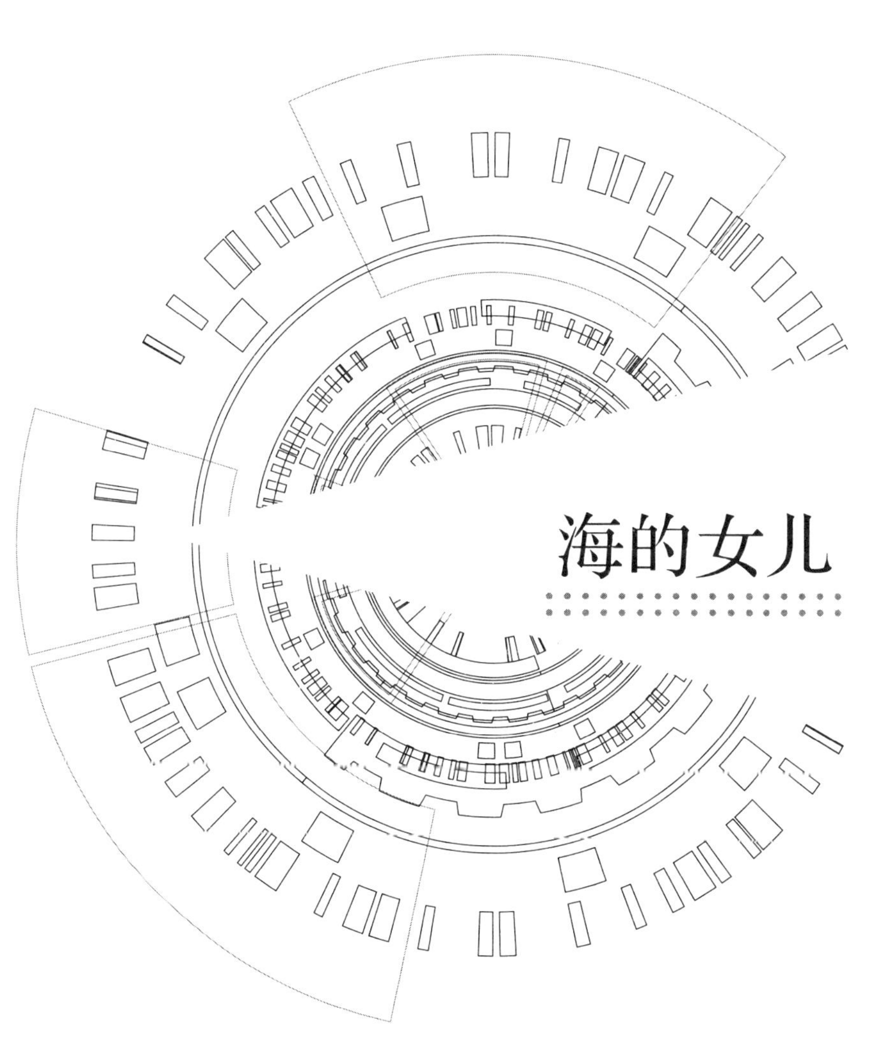

海的女儿

I

法蒂玛打开飞船的舱门，艰难地爬出来，感到炽热的气浪扑向她的面颊，电子角膜上显现出当下的温度：487℃。当她站起身后，发现自己站在一片怪异的橙黄色天空之下，面前是一片望不到边的平坦荒原，身后的翼式飞船斜斜歪向一边，船体冒着滚烫的青烟。她脚下的大地一片焦黄，寸草不生，地表上沟壑纵横，干裂成无数巴掌大小的碎块，像被利剑砍斫过千万次。

法蒂玛望着这异星般的景象，许久之后才打开了中微子通信仪：“欧罗巴：我已经着陆。‘曙光’三号隔热层熔毁，未到达预定地点，只能紧急着陆。我目前的方位是在西太平洋，北纬 9 度 28 分 51 秒，东经 143 度 41 分 32 秒，距离目的地 203 千米，海拔……”她停顿了片刻，露出一个苦笑，“……已经没有意义。”

法蒂玛抬头向黄色的天空望去，异常火红的太阳仍在喷射着毒焰。欧罗巴正随着看不见的木星运行在太阳的另一边，六个天文单位之外。刚刚发出的中微子通信波束正飞驰在茫茫太空中，大约两个小时后，她才可能接到回复。

她呆呆地站了很久，内心被无法平复的惊骇所充满，然后她俯下身体，弯下腰，用双手撑住地面。她的大脑下达了指令，通过光子通路传到四肢，组成她身体的亿兆个纳米体高速运转起来，改变成不同的形态，自下而上，一级级建立新的组织，组成新的结构。她双手开始变长，用前趾立起，长出了灵活的肉垫和强有力的肌腱，腿部也发生了相应的变化。

几分钟后，她像豹子一样狂奔起来，风驰电掣，向着西北方的地平线跑去。同时，无数回忆涌上心头。

II

三年前。

法蒂玛站在埃菲尔铁塔最高一层观光台上，朝阳将巴黎城笼罩在一层金辉中。洁白的圣心教堂矗立在北面的蒙马特高地，南面是醒目高耸的蒙帕纳斯大厦，塞纳河的玉带蜿蜒着从南面经过铁塔，又东流向东边的巴黎，霞光之下遥遥可以看到圣母院的古老钟楼。一群鸽子在卢浮宫上空自由回翔。

塔上除了她，没有其他人，只有她一个人站在城市的最高处。法蒂玛望着这一切，心醉神迷。

一条丑陋的深海蠕虫打破了她的遐想，它悠然地在朝霞中露出身影，摇摆着几十只桨足，优哉游哉地移动着笨拙的身体从空气中游来，视若无睹地穿过交叉的钢条和铆钉。对下面这座美丽的都市毫无察觉。

法蒂玛在心里叹了一口气，关掉了电子角膜上的三维画面。光影都消失了，周围又沉入亘古以来的黑暗深渊中。蠕虫悠然游走。她抱膝缩成一团，让自己被水托起，漂浮在无尽黑暗里。

法蒂玛喜欢世界的高处，各种各样的高处，她的储存芯片中收藏了珠穆朗玛峰、艾尔斯巨岩、上海未来大厦乃至彩虹空间站的三维视

景，许多都是日出或艳阳高照的景象。但每当这些美景消失，黑沉沉的现实又压在她头顶。这里不是什么高处，而是地球上最深的地方，整个太平洋，不，整个人类世界都在自己上面……

“法蒂玛！法蒂玛！”正当她胡思乱想时，内嵌耳机中传来站长莫妮卡·库伦的呼叫。

“怎么了，嬷嬷？”她懒洋洋地问，她喜欢把莫妮卡叫作嬷嬷。

“深海电梯坏了，大概又是机械故障。在海平面以下七千三百米的位置，维弗利先生和一名访客在电梯里，已经发出求救信号。”

法蒂玛怒气顿生：“这部电梯用了快二十年了，说了多少次了，上头一直不换，每次都指望我去修！难道你们养我就是为了让我修电梯？”

“法蒂玛！”

“对不起。”她控制住了自己，“我这就过去。”

法蒂玛舒展开身体，她长长的鱼尾轻盈地摆动着，让她从海谷中最幽深的地方浮出来，袅袅游向远处那条垂直的光带。

III

法蒂玛心急如焚地奔跑着，半小时后已经驰过了五十千米。她毫不疲累，在她胸口的冷聚变能源可以让她这样跑一百年以上。

一片醒目的黑色焦痕出现在远处的荒原上，上面还有一些细小的突起。等她走近，才看到那是几根还没有化尽的黑色骨头暴露在空气中，向她提示这片痕迹本来的面貌。

法蒂玛目测了一下，那东西长将近四十米，或许是一头蓝鲸，但一般的蓝鲸体型也没有那么巨大，或许是某个新的亚种，它躲藏在大洋深处，从来不为人所知晓，如果早几年被发现的话，必将震惊世界。但如今，这一切已经没有意义，这个物种尚未被发现就已经从世界上消失，正如其他所有物种一样。在这个温度高达五百摄氏度、已经没有一滴液态水的星球上，没有任何生命可以存活。

法蒂玛又望向太阳，万物之主仍在肆虐着热浪。当然，肆虐的不只是热浪，从太阳表面喷射出的高温等离子气团，已经弥散到了地球轨道上。两个月前，疯狂的带电粒子流和上千度的高温在几小时内就吹散了地球大气层，并让海洋蒸发殆尽。现在，这个星球是一个如金星般的炽热火狱。

这场大毁灭在人类文明的鼎盛期发生，人类自认为已经掌握了改天换地的力量，却并没有相应的防护措施，甚至没有这样的意识。计算机模拟中的一个小数点后几位的微小误差，导致了一连串的蝴蝶效应：一枚核弹撞击彗星时爆炸的效果和预计差异很大，彗星未能像预期的那样被送到围绕水星的轨道上，给“殖民地”的人们带来改造水星需要的水源，反而在水星引力影响下改变轨道，掠过水星，坠向太阳表面。人们虽然懊恼，却以为这不过是损失了一颗彗星的资源，所以没有再管它。但事情却沿着墨菲定律的方向发展：这时正是太阳活动的极大期，彗星坠落的方位更是太阳黑子活动的核心区域。冲击破坏了太阳内部结构，效应被千万倍地放大，在太阳光球层上造成了一道七十万千米长、数千千米宽的伤口，释放出了太阳内部的高能辐射，导致比平常大上千倍的太阳耀斑爆发。当然这个伤口本身存在的时间并不长，只有百十个地球日而已，很快就会愈合。在太阳长达五十亿年的漫长生命中，只是一场不足道的小伤风。

但是人类的整个世界，却在毫无防备的情况下，毁于万物之父的一声喷嚏。就像歌谣中所唱的那样，“一根铁钉钉错了，导致了一个帝国的灭亡”。而今灭亡的不仅是帝国，而是全人类，包括法蒂玛爱着的那些人。

哦，嬷嬷，法蒂玛痛苦地想，脑海中浮现出嬷嬷慈爱的面容。或许我不该离开您的，更不该最后对您说那些话……

她继续加快了脚步。

IV

法蒂玛到达了深海电梯被困之处。电梯本身是球形的耐压舱，被悬挂在上不着天下不着地的渊薮之中。透过舷窗，她看到电梯里有两个人正在焦急地张望着，一个是副站长维弗利，另一个是一个陌生的年轻人，又高又瘦，脸色苍白，但看上去很英俊。

法蒂玛把脸贴在了窗口上。年轻人看到从黑暗中的海水中，一个鱼尾少女身影显现，惊奇得差点儿让下巴掉下来。法蒂玛早已见怪不怪，她伏在窗口，和维弗利打了个招呼，做了个“放心”的手势，就绕到电梯背后，打开舱盖，钻进动力舱，这里也充满了海水，以便和外界的压力平衡。她找到线路板，对着仪表，开始进行检修。手指变成千百条灵活的纤维，钻进冷聚变反应器的深处。

借着舱体本身的传振，法蒂玛听到了电梯中的两个人在说话：“别着急，米诺先生，这只是小故障，电梯很快会重新启动的。”

“维弗利先生，那个女孩是谁？怎么好像……好像美人鱼一样？”

是那个年轻人的声音。

“她叫法蒂玛，是个纳米机械人。”维弗利说，声音很轻，显然是不想传到法蒂玛耳里，但法蒂玛灵敏的耳朵仍然能听到。

“机械人？可是我以为机械人在地球上早就被禁止了。”年轻人问。

“当然是禁止的，但事情总有例外。”维弗利低声说，“你从欧罗巴来，大概不太清楚。你记得二十年前的亚特兰大核爆吗？法蒂玛就是在那时候出生的，还在娘胎里就受了辐射，先天畸形，没有四肢，内脏功能也不全，根本活不过几天。她父母又是贫民，没钱进行克隆或者基因修补，把她扔给福利机构就不管了。那时候是新太平洋战争时期，军方在实验一种纳米体组合成的机器人，但是人工智能不够聪明，需要人脑的指挥，所以他们就把那孩子要来，把她的大脑移植了过去……”

“这……太残忍了吧？”

“可如果不这样，法蒂玛也根本活不下来。本来这是一个大工程，有上百个残疾儿的大脑被移植，可惜除了法蒂玛其他人都没成功。后来战争结束，这个计划也被废止了，法蒂玛被库伦博士带到了深极站，二十年来她一直生活在这里，现在她负责深极站的许多外部作业，她的机器身体不怕海底的压强，可以在站外灵活工作，对我们很有用。”

“不可思议，她竟然能在海底不借助任何设备自由活动。”

“因为她的身体本质上只是一部可以变形的机器嘛，不过嵌入了一个人类的大脑……”

听到这样不尊重她的议论，法蒂玛非常生气，将手底的拉杆狠狠一扳——

冷聚变装置重新启动，下方的水体向两边分开，电梯如同一块空

中的石头那样坠了下去。里面正说得高兴的两个人瞬时失重，几乎飘了起来。

“法蒂玛！怎么回事？”维弗利惊惶地叫了出来。

“抱歉，”从通话器中传来法蒂玛顽皮的声音，“加速度调得太快了，不过我只是一台机器，可没那么灵活！”

她的头出现在窗口上方，一头金发在水中向上飘扬着，向他们露出胜利的笑容。米诺用炽热的目光望着她。看着他深澈的蓝眼睛，法蒂玛忽然感到了心中的莫名悸动。

V

洋底的坡度平缓而稳定地下降着，法蒂玛跑了一百千米左右，海拔大约下降了两千米，目前她已经在原来的海平面下六千米处，但还是看不到一滴水。这时候她隐隐看到了地平线上的群山，事实上，对面的高度和这里差不多，但却因为地壳板块挤压而陡峭地挺出在上万米深的马里亚纳海沟上。法蒂玛极目望去，似乎看到了一抹蓝色的痕迹，也许那里还有一片剩下的海水？

但她很快明白，那只是自己一厢情愿的幻觉。以现在的温度和压强不可能有液态水存在，刚才在近地轨道上的目测也证实了这一点。虽然她的眼睛是一部精密的电子仪器，但她仍然有着人类软弱的大脑。

她收到了来自欧罗巴的回复，一个熟悉的声音：“法蒂玛？我是米诺。”

法蒂玛猛然站住了，在离开欧罗巴后，她还是第一次听到米诺的声音，她忽然想哭。

米诺继续说下去：“法蒂玛，从你传回来的资料看，西太平洋区域已经彻底毁灭，有人幸存的概率微乎其微。但我们曾经收到过亚洲东部的求救信号，也许在地下深处的矿井中，找到幸存者的概率更大。紧急理事会希望你尽快去那边进行搜索。”

法蒂玛很怀疑这一点，当太阳爆发时，虽然强烈的辐射在八分钟内就抵达地球，但真正导致大毁灭的太阳暴风在三天后才袭来。应该说人类有一定的防御时间。但是面对这样恐怖的灾难，有没有防御区别不大。地球在等离子气团的桑拿浴中穿行了一个多月。最初欧罗巴的确收到过来自地球一些角落的中微子波束，但几天后就归于沉寂。可能是通信仪器被毁坏了，但法蒂玛知道，那些仪器虽说脆弱，总还比人体结实一点儿。

在地球之外，更接近太阳的水星和金星两大殖民地毁灭得自然比地球还要彻底。月球和地球一样无法幸免。火星平均单位表面积接收到的热量大约是地球的一半，受创程度比地球轻，但封闭的生态循环系统却远比地球脆弱，火星上几个主要殖民地遭到毁灭性打击，二十万居民中的大部分人在酷热中死去，剩下的几千人也奄奄一息。在火星轨道之外，除了一些小太空站和探测飞船，只有欧罗巴一个大殖民地。欧罗巴由于远离太阳，除了部分冰层融化外，较少受到太阳表面喷发的影响，但致命问题是无法自足，必须依赖来自地球或火星的补给，但如今的情况下，这一切都变得异常艰难。

“当然，”米诺继续说，“最重要的是你的安全，法蒂玛，我们不能再失去你了。”

法蒂玛有许多话想告诉米诺，但又不知说什么，最后只有说：“如果可能的话，我会去的。但现在我缺乏交通工具，除了走没有别的办法登上大陆。深极站是我的家，我无论如何要先回来看看，何况即使没有人……或许……‘原母’还能活下来，你知道的。”

是的，原母，她想，毕竟它们已经活了三十七亿年以上，什么样的灾难它们没有见过呢？她心底又升腾起了新的希望。

VI

法蒂玛第一次听说“原母”的时候，是和米诺一起在海底漫步，当然，她像人鱼一样自在地漂行着，而米诺身穿笨拙的深海潜水服，依靠背后的喷射推进器前进，还不时走歪了方向。

他们走了大约五百米，然后到了深极站，那是一段深海峭壁下崎岖不平的一小块地方，面积还不到一百平方米，米诺用探照灯照亮，看到硅藻泥海底中立着一块方尖形石碑，上面刻着“世界最深点：−11034 米”的字样。

“这就是地球上最深的地方，”法蒂玛说，“你看到了，所谓挑战者海渊，就是海底的一个大坑，其实一点儿意思也没有。嬷嬷说，刚开发海底旅游的时候，有些游客万里迢迢赶来，都会大失所望，待不上半小时就想走了，现在大家都去外星旅游，基本没人来了。”

米诺摊开手脚，让自己缓缓沉到海底，陶醉地闭上眼睛：“但这里给我一种奇妙的感觉，我好像感到地球在跟我说话。”

“地球跟你说话？在这里？”法蒂玛哑然失笑，“米诺先生，你不会得了深海幻觉症吧？”

“一点儿也没有，我非常清醒。”

“你说你是个生物学家，”法蒂玛笑，“可说话却像个多愁善感的诗人。”

米诺也笑了：“或许是我们外空间人对地球的那种乡愁吧，从小就觉得自己是在无根的漂泊中，想要找到根基所在……我来地球已经有些日子了，去过许多历史名城和风景区，不过只有在这里，我才真正感到自己是在故乡，自己的根基在这里。”

“可这里不是世界上最不像地球的地方吗？”法蒂玛忍不住大声抱怨，“没有城市和乡村，没有森林和草原，甚至没有海洋——我是说在海滩上看到的那种蔚蓝色的海洋。除了有水之外，这里看上去简直就像是月球的环形山！”

“不错。但是，你知道吗，地球生命就是从这里起源的，这也是我感到亲切的地方。”米诺说着，一只没有眼睛的怪虾一拱一拱地从他眼前游过。米诺想去摸它，怪虾大概感到了水流的变动，迅速游走了。

“这里？在深极站？”法蒂玛闻所未闻。

“不一定，但肯定是在深海中。那是大概四十亿年前的事了，在地球形成后几亿年内，整个世界被原始海洋覆盖，大气中几乎没有氧气，火山活动剧烈，气温远比现在高，来自初生太阳的辐射穿透海洋，催生了复杂的大分子结构。海洋就如同一锅炖了几亿年的肉汤，充满了丰富的原生质。终于，在某个时刻，因为不到亿亿分之一可能的巧合，在大海的深渊里，产生出了一个能够利用周围的原料复制自己的分子。猜猜这是什么？”

“第一个细胞？”

“唔，应该比细胞还早，”米诺谈兴大发，“最初应该还没有细胞膜，所以只是一个可复制的大分子。但这是生命的诞生，地球历史上最重大的事件，没有之一。自从第一个生命诞生后，我们可以想象，在相对很短的时间内，生命分子通过不断复制自己改造了整个地球，充塞了海洋的每个角落。这是第一个进化的奇点，不是吗？随后，因为遗传变异和环境变化的压力，生命开始缓慢地进化。”

“我知道，最后产生了人类。”

“是的，不过还没那么简单。在地球形成早期，小行星的撞击远比现在频繁，生命在开始后不久就屡遭灭绝之厄。它们只有躲在海底才能获得安全，灾难过后又重新繁殖下去。这样的兴亡轮回可能在几亿年中发生过上百次，但生命挺了过来，在深海的沟壑里。后来又出现了新的变化，一部分原始生命进化出了光合作用，能够释放氧气，渐渐改变了整个地球大气的成分。原来的生命是不需要氧气的，氧气对它们来说是可怕的毒气。因此原始生命开始大批灭绝，幸存者进化成了呼吸氧气的生命，它们就是人类和绝大多数现存生物的祖先。但是仍然有一部分最原始的生命在深海之下被保存下来。它们生活在海底火山的热泉附近，比细菌和真核生物更古老，被称为古菌，其中许多是嗜热菌类。”

“嗜热？”

“是的，它们的生存需要的温度高得难以置信，常常有一百二十摄氏度以上。”

法蒂玛听得入神了：“它们在这里吗？在深极站？”

“很可能，它们需要高热，通常在海底的热泉喷口附近。而在板块边缘地带热泉尤其多。事实上，我来深极站就是寻找这一带的热泉的，如果能找到一种理论上最古老的古菌——我称之为‘原母’——或许就可以解开生命起源问题中的许多谜团。只是我们对海底的了解实在太少了。”

法蒂玛望向四周，微光中的海底峭壁巍然肃立，在她眼中，一切似乎变得不同了。这乏味的海渊变成了一个她从不知道的神秘渊薮，在亿万年的时光中，守护着生命原初的秘密。

“我知道附近有不少热泉，”她柔声说，“我会带你去的。”

VII

法蒂玛离开了平原区域，进入了崎岖的“山区”，一座座犬牙交错的岩石山峰高高低低地矗立起来，有的甚至高达数千米，这是太平洋板块和菲律宾板块亿万年的冲撞挤压形成的。虽然拥有超凡的身体，但法蒂玛也只能艰难地前行。在陌生的环境下，她渐渐认出了一些熟悉的地貌。她曾经在漆黑的海渊中畅游，仅凭超声波定位，就可以轻松游过这些海峰之间的空隙，如今她却不得不在上面翻山越岭。

在灾变中，许多海底山峰发生了形变，有的崩塌了，有的表面明显已经熔解。这里是地壳最薄的区域之一，法蒂玛不禁恐惧地想到，如果温度再高一点点，达到岩石的熔点，或许整个太平洋洋壳都会融化，大地将被岩浆覆盖。

法蒂玛沿着一条深壑，向海沟的深处走去。有好几次，她都以为自己看到了深极站的蛋形外壳在反射阳光，但那只是她的错觉。

但最后她到了，首先是看到了落到大洋底部的海上移动平台以及深海电梯，大概是因为发生了爆炸的缘故，都已面目全非，变成了一堆奇形怪状的废铁。然后她看到了深极站，一颗小小的珍珠，几乎完好无损地矗立在群峰的包围中，银色的合金外壳熠熠发光，仿佛毫发无损。法蒂玛的一颗心提了起来，她知道深极站有坚韧无与伦比的耐压金属外壁，将内部和周围隔绝开来，更有完善的温度调节设备，或许里面的人还活着。嬷嬷、老乔治、劳拉、中村……或许他们还在那里。

“嬷嬷，我回来了！”法蒂玛叫着，向着深极站俯冲下去。

但没有人应答，她也无法从往常的入口进入，控制气闸的电子元件肯定已经在高温中熔毁了。她围绕着深极站走着，发现面前有一摊亮晶晶的东西。她认出来那是观光厅的超强化玻璃，它们能抵御海底的巨大压强，但是熔点不高，在高温中都融化了。整个观光厅只剩下一个东倒西歪的金属架。法蒂玛心里一沉，觉得自己几乎无法呼吸。她知道这意味着什么：炽热的高温气体早已侵袭了整个深海站，无人能够幸免。

她定了定神，跨过地下辨认不出的碎片，一步步走了进去，在光线照不到的地方打开手上的光源，照亮了四面的幽暗。在深极站的生活和科研区，大部分金属构架和器械都还一如旧貌，但塑料、玻璃和纸制物品已面目全非或荡然无存。她看不到任何人，在应该有人的位置，只有一些黑色灰烬和颗粒，她想起了那头鲸鱼烧剩的骨架，心一阵抽搐。

最后，法蒂玛推开了莫妮卡居室的门，外面的客厅保存得还相对完好，大理石的桌椅并无损坏，仿佛嬷嬷还坐在桌前一样。桌上放着几只陶瓷小猫，那是法蒂玛小时候的玩伴。童年的记忆涌上心头，她一步步走向里面的卧室。金属门从里面被锁死了，当法蒂玛设法推开门之后，厚厚的飞灰随着热风迎面扑来，吹得法蒂玛满身都是。

等法蒂玛终于有勇气望向房中时，她看到房间里散落着各种物品，但莫妮卡喜欢的木制家具和衣服都化为了灰烬，或许已和她本人的骨灰混在一起，无法分开。房间的金属壁上却仿佛多了一些东西。她慢慢走进房间，看到那是刻在墙壁上的一行行字迹。

VIII

“法蒂玛，这段日子你和那个外面来的米诺走得太近了。”那天，莫妮卡把她叫到卧室里，委婉地说。

法蒂玛顿时涨红了脸：“嬷嬷，我十八岁了，我有交朋友的权力！”

“我不是想干涉你，不过……”莫妮卡叹了口气，“你和别的女孩不一样，你知道的。”

“以前你不是这么说的！每次我觉得自己和别人不一样的时候，你会说我是一个百分之百的女孩子！你给我买芭比娃娃，让我看《小妇人》和安徒生童话，现在你告诉我说，我是个怪胎？”

“我是希望你快乐，孩子，但你并不像其他人……你知道你的身体……”

“我恨透了这具可恶的机器，”法蒂玛抗议说，“这不是我的身体！将来我会有一个真正的身体的！我可以用脑细胞克隆一个，或者移植到其他的身体上去，到时候，我就可以变成一个真正的女孩子了！”

莫妮卡盯着她看了半天，然后叹了口气：“那就等到时机成熟了再说，好吗？”后来，她们之间一直回避这个话题。

几天后的傍晚，法蒂玛和米诺驾着深潜艇，缓缓穿行在海沟北部的峰峦间，他们都一脸倦容，今天他们毫无发现。米诺看到法蒂玛一副失望的样子，安慰她说，“没关系，这段日子你已经带我找到了好几个热泉，让我发现了三种新的古菌，已经是很大的收获了。”

“但是你说过，里面没有你想找的那种——原母？”

“那是理论推演中最原始的一种古菌，足以填平几大进化分支之间的缺失环节。存活的条件应该也最为特殊，或许早已经从地球上消失了，又或许会在别的海域，比如东太平洋海隆或者大西洋中脊。”

法蒂玛觉得自己的心沉了下去：“所以……你要离开这里吗？”

“不，不会那么快，毕竟这一带还有很多地方没有勘探到，我会待上个把月，再去西南面勘探一下，然后……不管怎么说，这段时间很感谢你帮我，法蒂玛。”

“你多好啊，可以想去哪里就去哪里。但是我只能待在这里。”法蒂玛幽幽地说。

“为什么？库伦博士不让你走？”

“不是嬷嬷，是这副身体，该死的纳米机械体。政府觉得我是个难以控制的怪物，怕我会危害他们，所以没有给我合法身份，不让我离开这里。当然，他们没有明说，找出了一些冠冕堂皇的理由，比如脑机接口还不稳定，可能出问题什么的。”

“也许有道理，上次你说过，参加实验的其他几十个婴儿都因为脑机间无法协调而夭折，只有你活下来了。”

“我不知道，我只知道再困在这里我就要疯了！但是军方不肯放过我。他们说，十八岁以前我都得待在这里，一切等我成年以后再说。我想到时候，他们也许还有什么别的借口呢。”法蒂玛说着就怒气冲冲。

米诺想了想：“我对政治问题不太了解，不过，如果你愿意的话，我可以问问库伦博士，能不能让你跟我去海底别的地方继续勘探，这样的话，你也没有踏上陆地，应该不算违反了规定。”

法蒂玛的目光中放出惊喜的光彩：“真的吗？我当然愿意了！可是不会给你添麻烦吧？”

“当然不会，我非常需要你这样有海底生活经验和工作能力的助手——咦？”

这时候，深潜艇中远红外线热成像仪上的绿灯闪烁了起来，表示探测到了一个出奇高热的目标，在一个深深的岩洞里。

他们又惊又喜，法蒂玛让米诺留在深潜艇中，自己从一条大裂缝里潜进去，不久就在岩洞深处看到了一根翻滚的黑色烟柱。那是夹带矿物质的海水喷泉，温度高达 130℃。法蒂玛顺利采集了一些样本到携带的高热釜中，半小时后，他们就在显微镜下看到一群见所未见的半月形微生物在充满硫化物颗粒的金属汤中蠕动着，嬉游着，分裂着……

那就是米诺一直在寻找的“原母”，后来，他们把那个洞穴称为——生命之洞。

IX

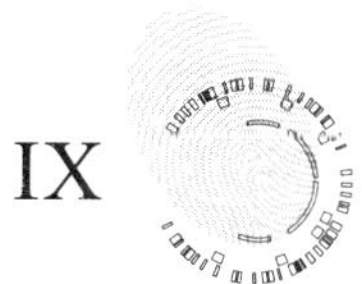

“法蒂玛，库伦博士的事我很难过。”米诺在通信仪里呼叫了她，“你还好吗？”

“我没事，”法蒂玛干涩地说，“我会再去附近看看的，也许会有什么发现。我想先去生命之洞，希望有所发现。”

她离开了只剩下一层灰烬的房间，离开了深极站。一小时后，她

到达了生命之洞，洞穴在她头顶几十米的高处。以往海水从低处渗透进地层，被下面的地热加热后沿着岩石缝隙上升，带着各种矿物质从上面喷出，形成洞中的喷泉。但现在一滴海水也看不见，只有黑沉沉的石头山。

法蒂玛让自己的手掌变成吸盘状，吸附着岩石，攀了上去，爬进了山洞。她用光源照着四周，幽暗的岩洞深处散落着黑红色的硫化物，间以银色的金属颗粒，但是最里面的裂缝是一个空洞，热泉早已不复存在，法蒂玛随手抓起一把粉末，握紧了拳头，听到它们在自己手心“吱吱”作响，然后松手，任它们飘洒在地上。这里早已没有了生命的痕迹。没有水，什么都不可能存活。原母，那地球的生命之母，经历了亿万年的无数灾难，最终也无法熬过这场人类导致的浩劫。

法蒂玛黯然站了很久。自从发现原母后，这里她来勘探过十多次，每次都是和米诺一起，这里也留下了她和米诺之间一串串美好的回忆——至少对她而言。但现在……

“法蒂玛。”这时候，米诺的回复来了，“你怎么样？有什么发现吗？”

“洞里也什么都没有。”她干巴巴地说，“原母肯定都灭绝了，这里没有，其他地方也没有。”

米诺没有回答，要半个小时之后他才可能听到她的信息，然后再过半小时，他的回复才能传到她耳中。但即使他知道了，又能说什么呢？

她神思恍惚地走到洞口，无意识地跨出去，让自己坠下悬崖。摔得完全变了形，然后她的身体又在自我保护的指令下慢慢恢复原状。法蒂玛躺在那里，懒得动弹，她在电子角膜中调出了各种虚拟画面，巴黎，雅典，北京，纽约……一个个伟大的人类都市都已陨灭，化为尘土。地球上已没有任何生灵存在，最后的人类残余在火星和欧罗巴上苟延残喘，看来也不可能撑太久。

一行泪水从她眼角淌过，落到地上。

不，法蒂玛知道自己不会流泪。她的大脑虽渴望哭泣，但机械身体没有这样的功能。

她迷茫地坐起身来，望着地下的水点，一时不知道是怎么了。最后，她才发现一滴滴水是从天穹上的云团中出现，又落在地下。

下雨了。

X

“原母”的基因序列被探明后，诸多特征无可辩驳地证明它是地球上现存最古老的生物。它在进化的阶梯上至少在三十七亿年前就和其他一切生物的共同祖先分道扬镳，此后极少变化。它不太可能一直单独生活在深极站附近，因为这里的形成也不过一亿多年的时间。这些原母或许是从别的地方迁移来的，或许在广袤海洋的深处还有许多原母的同类有待人类发现。

生命起源中缺失环节的发现引起了新闻界和民众很大的兴趣，作为原母的发现者之一，法蒂玛虽然并没有学历，却和米诺一同分享了这一荣誉。在舆论界的压力下，不顾军方的禁令和嬷嬷的挽留，法蒂玛和米诺一起离开了深极站，如愿以偿地到了巴黎，又去了纽约和东京，见到了她梦寐以求的外部世界。

最初，法蒂玛的美少女形象很受人们欢迎。但很快有消息灵通的

记者传播出去，说她是一个深海探测机械人，并非人类。军方旧日的计划曝光，引起了民众的巨大恐慌，除了法蒂玛本身的超人力量和存活能力令人畏惧外，更是谣言纷起，有人说法蒂玛身上内置了一枚核聚变炸弹，可以毁灭一座城市。也有人说，组成她身体的纳米体将会失控，吞噬整个世界。这些谣言带来的恐慌远远盖过了先前的科学发现，铺天盖地的谩骂和诅咒接踵而来，说她是“人形杀人机器”。法蒂玛那一点点荣誉，很快变成了无止休的污名。

法蒂玛毕竟只是一个十八岁的女孩。她精神崩溃，彻夜难眠，这时候她才明白嬷嬷不让她离开深极站的良苦用心。是米诺安慰和保护了她，让她免受了许多骚扰。在法蒂玛的强烈要求下，米诺为她安排了移植克隆身体的手术，现在法蒂玛把获取新生的全部希望都寄托在这上面。但当她兴奋地打电话告诉嬷嬷这件事时，嬷嬷却说：“法蒂玛，你……不能去进行大脑移植。”

“为什么？”

“我……向你隐瞒了真相，”嬷嬷的声音低沉起来，“但现在必须告诉你了，当初你之所以能活下来，是因为我改变了你的人机连接方式，直接将纳米体深深植入你脑部深处，它们取代了神经胶质细胞，模拟了人类的脑结构，你的大脑至少一半是由纳米体构成的，再也无法移植到普通人类的身体里去。”

法蒂玛惊呆了：“你为什么要这么做？”

“军方本来计划培养出人机结合的特种战士，但以往的尝试都失败了，我冒险一试，反而获得了意外的成功。你活下来了，虽然身体像成人，却像婴儿一样无知无助。我女儿在战争中被炸死了，我照顾了你很长时间，越来越喜欢你，最后把你当成了自己的女儿。我知道他们一旦知道我成功了，肯定会拿你去做各种实验，甚至会切开你的大脑进行研究……所以在报告里我隐瞒了真相，误导他们认为这是无法复制的偶然……后来，当计划被废止，我带你离开了军队，去了深极站，你就在那里长大。”

“这么说，我根本就不是人类？连……连大脑都不是？我真的是一个机器人！”

“你当然是人，孩子。”莫妮卡无力地说，“你是一个很好很好的女孩儿，只是具体来说——我是说——”

“你说谎！我恨你！为什么要让我活下来！我再也不想见到你！”法蒂玛尖叫着，将电话在手里捏成碎片。

她不得不取消了手术，不敢告诉米诺原委，米诺也没有问为什么。过了几天后，他对她说：“我要把一些原母的样本送回欧罗巴，你有没有兴趣一起去？那里只有一个很小的殖民地，但你可以看到木星升起时横亘半个天空的样子，带着气势磅礴的条纹和大红斑，以及一连串珍珠般的卫星，美极了。任何去过的人都忘不了，我想你或许可以去散散心。”

“好啊。”她轻声说，心中一阵酸楚的甜蜜。她知道自己永远也不可能和米诺在一起了，因为她不可能变成真正的人类，但至少现在米诺还在她身边。

到欧罗巴的旅程是法蒂玛最开心的一个月。因为她每天都可以和米诺朝夕相处，无所不谈。但法蒂玛的喜悦在下飞船的那一刹那终结。飞船和基地对接后，她走出飞船，就看到在舷窗外木星的炫目光芒之下，一个热情如火的红发少女向米诺跑来，和他紧紧相拥在了一起。米诺拉着少女的手，说是他的未婚妻米莉亚，并介绍给法蒂玛认识。那时候，法蒂玛强笑着，忽然想起了一篇她读过的安徒生童话。

他怎么会爱我呢？我就算脱去了鱼尾，也不是人类，她苦笑着对自己说。

一个月后，法蒂玛不顾米诺的挽留，孑然返回地球。当她越过小行星带时，那颗彗星撞击了太阳。

XI

雨淅淅沥沥下了起来，很快从小雨转为瓢泼大雨，最后竟如瀑布般倾泻。水不仅从天上落下，也从四面八方的高地奔流下来，成为地球上最初的江河。法蒂玛站立着，看着脚下干涸的海谷再次被水所覆盖和充塞，看到浑浊的泥浆盖过自己的脚背和膝盖，沿着双腿，漫过膝盖，上升到自己的头顶。她心中被惊喜所充满，合拢双腿，让它们连在一起，长出鱼尾，在海水中舒展着身体，那种熟悉的感觉又回来了。

大雨下了整整六十个昼夜，这是四十亿年来最大的一场雨。

随着等离子气团的消散，温度回降，萦绕着地球的水蒸气再度凝结为液态水，返回地球表面。在本次太阳灾变中，已经有很大一部分水体在蒸发后被驱散到星际空间，法蒂玛不知道有多少，但是剩下的水仍然足以填平低洼的大洋盆地，古老的诸海洋开始复生。

但生命却没有随着海水一起回来。几天后，法蒂玛离开了海沟，在大洋深处游弋着，寻找着可能残留的生命。可她却连一只磷虾、一片海藻都没有见到。即使那些躲藏在深海岩石底下的古菌，也都已无影无踪。

地球回到了生命出现之前。被太阳过分加热的其他后果逐渐显现出来：火山活动比以前剧烈了百倍，天空中布满了火山灰的黑云，水汽和火山喷发出的二氧化碳等气体逐渐形成了新的大气层，但是几乎没有氧气。即使有什么高等生命能够在太阳灾变中幸存下来，也无法熬过以后的时光。

法蒂玛和米诺一直保持着联系。米诺告诉她："现在太阳系剩下的人类已经不多，大概不到一千人，大部分人没有可循环生态系统的支持，只能消耗现有资源。他们撑不了几个月的。而地球也不再适合人类生存。即使像欧罗巴这样有自己生态系统的殖民地，许多必需的设备也需要地球的工业配件，无法自己生产，而这些配件中一些重要部分必然已经在高温中熔化了，因此……"

他顿了一下，法蒂玛明白他的言外之意：人类的灭绝只是时间问题。

"欧罗巴还能支撑两三年，在这段时间里，我们欧罗巴上的人类只有一件事情可以做：在欧罗巴的冰下海洋中，也有类似海底热泉一样的地质构造，或许在那里我们可以让原母重新繁衍。也许亿万年之后，生命的花朵会再次从这块移植的根茎上长出来的。

"你的飞船还在吗？回欧罗巴吧，我们几个最后的人类应该在一起，至少彼此不再孤单。再说，我和米莉亚也很牵挂你。"

法蒂玛静静地躺在深极站的石碑下，聆听着宇宙深处那个人传来的声音。她不知道怎么回答，答案已经在她心里写下，却难以说出口。

最后她听到自己的声音说："不，米诺，我不会再离开地球，这里才是我的家，我会在地球上继续搜索幸存者。祝你和米莉亚……能够幸福。"

尾声

法蒂玛在茫茫大海上仰望着天空。天上仍然阴云密布，海面上波涛起伏，却没有一点生命的迹象。

两年过去了。在过去的两年中，她走遍亚洲和美洲，遍访那些昔日大都市的废墟，以一种从未想过的方式实现了环球旅行的夙愿。但她一无所获。在地下数千米的矿井中，她发现了几具保存相对完好、还没有变成焦炭的尸体，仅此而已。那些人或许熬过了头几天的酷热，但无法熬过大气层消失带来的灾变。

法蒂玛大脑的供氧是皮肤电解水得到的，使用的是冷聚变能。一系列复杂的纳米聚合体在她体内将皮肤摄入的元素合成各种有机物，作为滋养她大脑的养分。在满目疮痍的地球上，她仍然保持健康，长命百岁毫无问题，也许能活两百岁，如果她的大脑能持续工作的话。法蒂玛禁不住想，如果人类都拥有她的身体，那么完全可以熬过这场灾劫。但人类却出于对机械人的恐惧，立法拒斥这项技术，导致几十年来只有她这样一个怪胎出现。

愚蠢而自大的人类，无时无刻不在犯着可笑的错误，却总能获得上苍的原谅。只是到了最后，人类自食了恶果。

法蒂玛最后望了一眼天空，她告别了海面，摇曳着鱼尾，向海底深处潜了下去。

七天前，她收到了久违的米诺的信息，最近几个月，她和欧罗巴之间的通信几乎中断了。她很想念米诺，不知道在欧罗巴发生了什么。

但米诺的信息也只有断断续续的几句话，听得出他已经相当虚弱：

“坏消息……播种的原母全部死亡了……欧罗巴的海水成分……它们无法存活……生态崩溃……食品供应中断……米莉亚昨天已经死了……我也……”

“米诺，你怎么样？米诺？米诺！”

她焦急地呼叫着，但几个小时过去了，然后是十几个小时，然后是几十个小时，她最终也没有收到回复。

两个星球之间的联系永久中断了，它们再度被深不可测的空间分开，正如过去的几十亿年和未来的无尽岁月一样。

法蒂玛越潜越深，已经能够看到海底的深谷了。海水包围着她，虽然没有了生物，但这里还是地球的大海，如此温暖、舒适且充满熟悉的气息，如同母亲的子宫。而欧罗巴的海水是潮汐作用形成的，寒冷粗粝，如同流动的冰，完全没有这种美好的质感，法蒂玛一点儿也不奇怪，原母没有办法在那里存活下去。她记得自己在欧罗巴上最后的那几天，当她尝试在数百千米深的冰水中下潜时，忽然被一种极度陌生的恐惧所抓住。她忽然明白，这里是真正冷酷的深渊，而深极站才是母亲的怀抱。在那一刻，她无比想念太平洋的水流，想念嬷嬷的慈爱、老乔治的憨厚、中村的认真，甚至维弗利的刻薄……

于是她决定返回地球，也许她会面临更多更大的压力，但一切风波总会平息，她会在深极站继续平静地生活下去，和嬷嬷他们相依为命。这个决定和米诺以及米莉亚无关，而是她终于找到了真正属于自己的地方。

只是当她返回地球时，一切已经面目全非。

法蒂玛下潜到了海沟底部，然后游向生命之洞。她进到洞的最里面，看到一缕浓浓的黑色烟柱从一条缝隙中冒出，在水中漂浮着。法蒂玛测量了温度，146℃，这是即使原母也无法忍受的高温。但对她来说，一切刚刚好。她向着黑烟出来的裂隙潜了下去。一种从未有过的亢奋充满了她全身。

“米诺，这个世界还有希望。”她说，怀疑在六个天文单位之外是否会有米诺或其他人类听到这一信息，但她还是想说，事情因此才具有意义，“我会重新赋予这个星球以生命。”

在她说话时，她看到自己的皮肤开始裂开和脱落，露出了一层层的精密组织，它们都是由纳米体构成的，而它们也渐渐溶化在这富含大量金属元素的黑浆中。

“你知道吗？嬷嬷在临终前，在房间的金属墙壁上用激光刀刻下了给我的遗言，告诉了我这副身体中的许多技术细节，她知道我一定会回来的。我想她希望我能在剧变后的地球上活下来。

“组成我的纳米体，某种意义上也是一种细胞，和古菌很类似，有简单的可复制的分子结构。纳米体不需要氧气，而是依靠热能进行活动，只需汲取硅、水和若干金属就能复制自己。如果说有什么不同，那就是：它们是硅基的。这其实更有利，地壳的成分中四分之一都是硅。海底更是到处可见硅藻泥。

“在绝大多数情况下，它们保持活性，执行命令，但不会进行自我复制，否则我早已被癌细胞所吞没，世界也早已被侵蚀殆尽。但在孕育它们的培养基中，由于热能的催化，它们才能高速繁殖，因为那恰恰也是富含营养物质、一百几十度的高压汤。”

法蒂玛感到自己周身的纳米体都被激活了，它们扭动着，跳跃着，快乐地和身边的同伴告别，解除了一切联系，跃入周围欢腾的水分子之中，在那里，它们得到了远大于那点冷聚变能的无尽热源，还有丰富的食物可以享用。

“我发出了最后的指令：分解自己，这是一个很难掌握的指令，但我学会了。一旦分解，我永远无法复原。我不可能把自己的身体重聚起来。这些微小的纳米体将在炽热的黑泉中活下去，并从周围的矿物质中汲取养分，一代代繁殖下去。它们暂时不可能离开这个环境，否则会因为温度降低而丧失活性。在未来几百几千年里，它们都将活在这儿，被囚禁在深海热泉中。但这种复制会逐渐发生错误，大部分错误是有害的，但总有一部分变异的纳米体会适应更温和的环境，在外部生存下来。这只是时间问题，而进化，最不缺的就是时间。”

法蒂玛的意识渐渐模糊，她的身体已经无法正常运作，大脑供氧也越来越慢了。这个大脑——古老原母最后的后裔将会在几分钟内因为缺氧死去。但她必须说完这件事。

“我不知道这会在什么时候发生，但只要地球继续存在下去，这必将会在某个时间点发生。那将是地球的第二奇点。随后最多只需几千年，这些纳米体的变异后裔将充满大海，随后发展出各种千奇百怪的形式，被进化的伟力重新组合起来，变成新的多细胞生物。它们将在亿万年后登上陆地，重新开始向智慧巅峰的漫长进军。

而我、你，以及所有人——我们灭绝的人类——将永远活下去，和它们一起活下去。纵然这些亿万年后的遥远生命已经不可能再记得我们，或这个史前地球的任何信息。但它们是人类的造物，我们将和它们同在，直到永远。或许这一切早已发生过了，谁知道呢？

“我曾经憎恨过这个身体，憎恨过制造它的嬷嬷，憎恨过全世界，也恨过你……但现在不了。生命的出现已经是一种恩典，我们都需要感恩。

“我爱你，米诺。我也爱嬷嬷，爱人类，爱生命以及整个世界。

这份爱将和新的生命一起活下去，直到亿万年之后。”

在大海深渊中的洞穴里，法蒂玛的身体翻滚着，像肉一样被煮烂，变得面目全非。但她并没有感到死亡，而是感到如波函数般发散的愉悦。在她不成形的脸上泛起最后一丝微笑，而那微笑就凝固在了那里，直到那残存的头颅也在黑烟中化尽。

而新生的生命在她周围欢歌着，它们的舞蹈宛如江河，宛如潮汐，宛如日出日落，生生不息。

猛犸少女

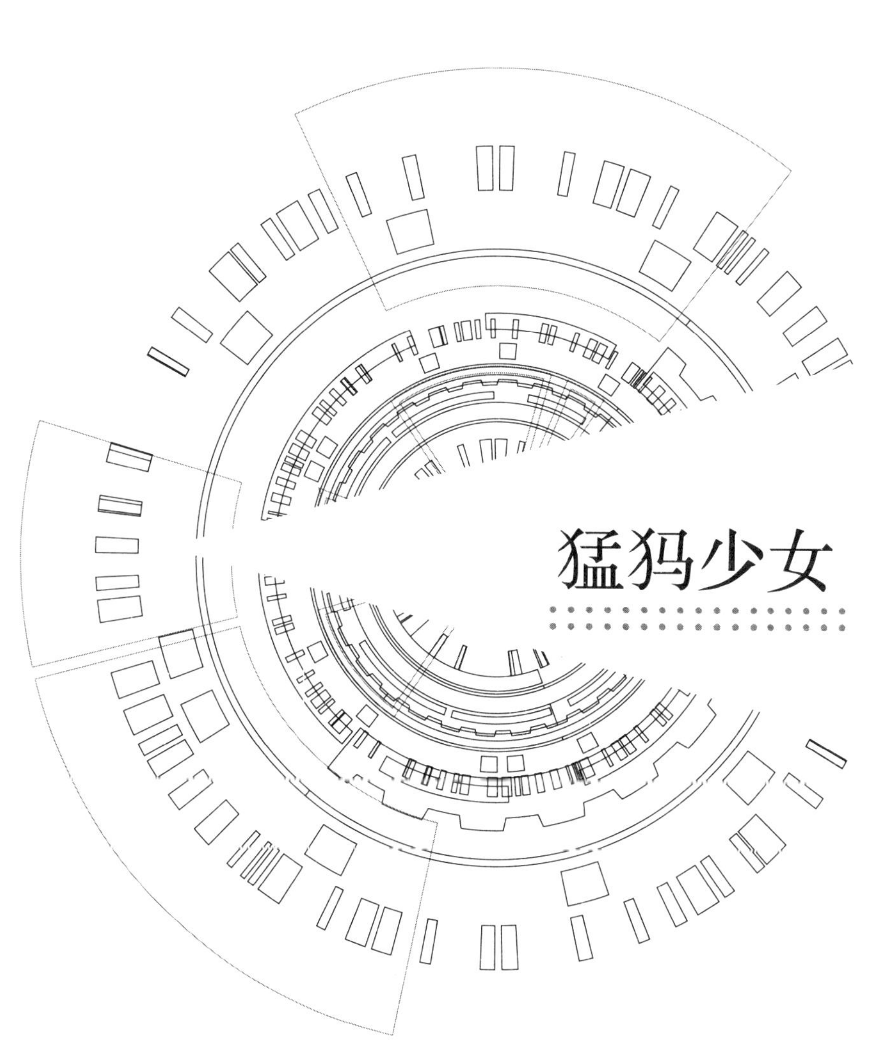

一

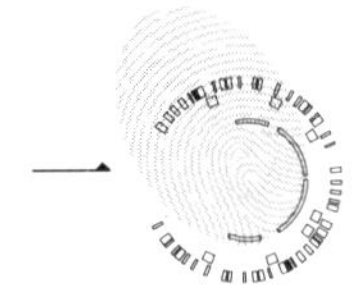

巍峨的群山矗立在天与地的尽头，白雪皑皑的山巅在浮云之上闪亮。

“哥，快看，神山出来了！”少年阿骨兴奋地指着云上，回头对哥哥阿石说。

阿石也很振奋：“占云师说，雪山出云，是大吉大利之兆，看来这次的狩猎会很顺利的！”

“哥，你说我们云族的祖先，还有阿爸都在那里看着我们吗？”阿骨出神地凝望着山巅，千年的积雪在太阳下熠熠反光。

“都在盯着呢，所以这次狩猎你要好好表现，走吧！”阿石拍了拍他的小脑袋，他们快步跟上部族的队伍，六十多人的队伍如长蛇般在丘陵间逶迤。

正当初夏，骄阳已经升上天顶，令蔚蓝如洗的天空带上了些许暖意。冰雪都已化去，碧绿的草原在丘陵上高低起伏，宛如海上凝固的波涛。看不到高大树木，但到处都是低矮的灌木、莎草和苔藓，其间点缀着大片绚烂的野花，嫣红如火，纯白胜雪，被忙碌的蜂蝶所围绕。偶尔还可见跳鼠和雪鸡在草丛间觅食和求偶，跳着生命最美妙的舞步，整个世界一片生机盎然。

这是一万七千年前，地球正处于最后一次冰盛期。北方大陆被冰盖覆盖，温带地区遍布苔原、干草原和沙漠。在遥远的未来，温暖会重新回到这片土地，让这座雪山褪去积雪，长出松柏，开凿出栈道，迎来帝王的登临，它被称为“泰山”；这片土地也会化为森林，又平为农田，出现村庄，建立城池，成为一个伟大文明的发源地。但现在这里只是一片贫瘠寒冷的草原，只有夏天短暂的几个月时间才会呈现出一派繁荣的景象。在这里，原始人类分成许多小族群，过着食不果腹的生活，为了生存而挣扎、厮杀。但在这些族群的人看来，尤其在少年们看来，这里的天与地就是他们永远美好的家园。

又登上一座丘陵，队伍站住了，百箭之地以外，此行的目标已经映入视野。一头棕褐色的长毛巨兽正在化雪融成的池沼边饮水，远远可以看到它的长鼻翻动，面前两根白色的巨牙更长得吓人。

“猛犸！”阿骨叫了一声，小心脏兴奋得狂跳不已。部族已经三四年没有打到过猛犸了，上次见到猛犸时他还小，只看到过猛犸已被肢解的尸体。但这一次，他已经年满十四，可以参加狩猎，亲眼见到在大地上行走的猛犸，也许还会亲手猎杀它——

但猛犸身边的一个小身影吸引了他的视线。它看上去同样长着猛犸的棕褐色长毛，仿佛是一只幼崽，但形状并不太像，隔得太远让人看不清楚。阿骨眯起眼睛，凝神观察，看到那家伙走动了几步，隐隐约约竟好像是——

“一个人？”阿骨低低地惊呼出声，询问地望向阿石。

阿石也感到迷惑：“好像是一个人。阿虎他们追踪了好几天，发现他和这头猛犸一直在一起，不知道是什么人。”

“可是人怎么会和猛犸在一起？”

阿石皱起眉头，好像在回忆什么，良久才张口：“也许是传说中的猛犸人……我还以为是瞎编的呢，难道真有？”

“哥，什么叫猛犸人？”阿骨的好奇心被勾了起来。

但阿石并没有立刻满足他的好奇心：“再说吧。时候快到了，我们得准备起来了。这些天教你的，你都练熟了吗？”

“嗯，可是猛犸人——”

“回头再说！”阿石不耐烦地挥挥手，走向了另一边，和几个叔伯交谈起来。

家族全体出动，跟踪这头猛犸已经有近十天，周围的地形都已摸熟，现在终于要动手。按惯例，先由青壮年男性组成的先锋队去驱赶那头猛犸，把它赶到这边，阿骨等一些少年和老人组成的后援再加入围猎，让猛犸最后被逼入两山之间的狭道上，那里已经挖好了困住它的陷阱。

猎杀猛犸，这个大地上最大的庞然动物，是史前人类最伟大的壮举。

二

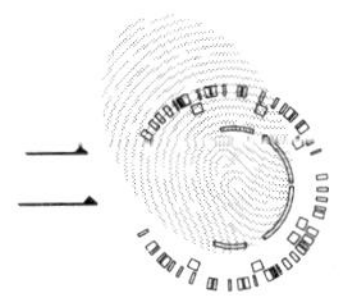

猛犸平常总是数十头成群活动，近年来，云族在与其他族群的争斗中几次落败，又遇到寒冬，人口剧减。因为人手匮乏，碰到大群猛犸也只好放过，但这次，一头落单的猛犸出现在这一带，无疑是上天赐给云族人的礼物，云族势在必得。

二十多个健壮的青年匍匐前进，悄悄地包抄到正在池塘边栖息的猛犸和猛犸人的背后大约十箭之地，然后用火石点燃手中的火把，猛然跳起来，大叫着向猛犸冲过去，他们一边挥舞着火把，一边举起镶嵌着燧石尖的木矛。

人群的真实力量并不能阻拦这只庞然大物，但灼目的火光、冲天的浓烟以及高声的喊叫让猛犸受惊，它扬鼻发出惊恐的吼声，本能地要逃窜。猛犸人也吓得抓住它长长的棕毛，爬上它的背脊，猛犸大步朝着背离火光的地方逃去，一切正符合云族人的预期。

因为处于丘陵地带，猛犸并没有太多逃走的方向可以选择。云族人在另一条可能的逃亡路线上设下了伏兵，猛犸尝试往这个方向逃窜时，另外十几个青年也点燃火把冲了过来。猛犸犹豫了一下，仿佛想正面冲过拦截线。但人们发出威吓的呐喊声，射出箭矢，投掷梭镖，让它调转了方向。

一场漫长的生死追逐在凉爽的夏日展开。猛犸的奔跑速度不慢，最快时宛如奔马，但奔跑无法太持久。而人类自从树上下来之后就是善跑的动物。为了奔跑，人类腿上的肌腱越来越发达，可以张大嘴呼吸，也褪去了毛发，便于散热。在非洲草原上，他们能捉住羚羊和斑马，逃出狮子和鬣狗的凶吻。最近五万年中，他们跑出了非洲，跑到了其他大陆上，去猎杀那里的奇异猎物。只有在从事农业之后，人类才渐渐生疏了这项古老的技艺。

人群在猛犸身后形成弧形包围，不断调整方位，迫使它跑向自己引导的方向，也就是阿骨所在的位置。猛犸在视野中变得越来越巨大。很快，阿骨能看清它的全貌了。它有两个…也许三个人那么高，浑身覆盖着棕褐色长毛，四条腿比人的躯干还粗，脑袋上有半圆形的高高隆起，小小的眼睛和耳朵下长着蟒蛇一样的长鼻，一对狰狞的白色巨牙在鼻子前面弯成半圆，这是噩梦中才有的魔怪。

他也看到了此刻正伏在它身上的怪人，他身材矮小，身上长着和猛犸一样的长毛，低着头，两手紧紧抓住猛犸背，以防自己掉下来，却看不清楚面目。

刚才，在等待的间隙，阿骨终于从阿石口中问出了猛犸人的传说。据说他们的始祖是一个丑陋的女人，没有人愿意和她同居，她被赶出了族群。她在冰雪中遇到了一群猛犸，于是和猛犸交配，生下了一堆半人半猛犸的后代。猛犸人以后就世世代代与猛犸生活在一起。听到这个故事后，阿骨打了个冷战：猛犸人得是多么可怕的怪物啊！

猛犸已经接近部族的拦截线，每一步都令大地发抖。在远处观察是一回事，当小山般的巨兽向你奔来时是另一回事。阿骨本能地想要转身就跑，他竭力控制自己不要发抖，和其他人一起挥舞着火把，呐喊助威。猛犸和人群对峙了片刻，示威地吼了几声，人墙再次起了作用，猛犸偏过脑袋，不情愿地转了方向，奔向最后的死亡陷阱。

阿骨和众人一起追在猛犸身后，大约三十箭之外就是陷阱所在。部族人力有限，陷阱不深，很难把整头猛犸都装进去，最多卡住它的一两条腿，但这家伙体型太大，也就不容易脱困，在它挣扎的过程中，猎手们可以靠近射箭或掷出长矛，扎进它柔软的腹部。

将近傍晚，猛犸跑了很久，速度也放慢了，猎人们不紧不慢地跟在后头。离陷阱只有百步之遥时，猛犸背上的怪人回过头，怀疑地看了看身后蓄意放慢步子的追兵，又左右张望，环视着周围逼仄的山坡，好像发现了什么。忽然间，他发出尖细的叫声，猛犸停住了脚步，然后缓缓转过身来，面对追兵。

“不好！”族长紧张地叫道，“变蛇口阵！”

部族成员开始变换着阵型，左右分开，擎起火把，高声呐喊，动作整齐而一致，从猛犸的角度来看，就像这些人类合成了一个比自己更大的怪物，一条缓缓张开大口的巨蛇。它再次被唬住了，不安地后退着，随时就要转身逃跑。但背上的猛犸人又发出一连串急促的呼喝，不断拍着巨兽的脑袋，似乎在发出命令。终于，猛犸下定决心似的发出一声惊天动地的嘶吼，如同惊雷炸响，让所有人都心惊肉跳。

猛犸并没有冲向人群，而是吃力地走上一旁的山坡，山坡坡度不小，这对它也不容易，它发出粗重的喘气声，走几步就要停一下。几个有经验的猎人们判断出来，绝望的猛犸打算翻过山坡逃走。他们组织起一批人以更快的速度向山顶爬去，让其他族人在猛犸后面继续骚扰，试图将它重新驱赶回陷阱的位置。

阿骨跟在猛犸后头，发现猛犸已经处于自己上方，它抬起后掌时扬起的泥土就落在自己头顶。猛犸爬到了丘陵的中间地带，忽然转过头来。猛犸人看着下面的人群，他和阿骨的目光在空中对峙，阿骨看不清他的面貌，但那眼神中有恐惧，有愤怒，有绝望，如燃烧的火焰、如寒冷的冰刃。阿骨觉得心被什么东西抓了一下，不由退开一步。

猛犸人清叱一声，猛犸扬起鼻子，再次发出怒吼，这吼声化为湿热的腥风，让阿骨觉得自己的魂魄几乎都要从身体里被吹走。还没等他反应过来，巨兽已经从山上直直向他的方向冲了下来。

爬到山坡上的部族人众已经零零散散，无法保持队形，在从上方冲下来的猛犸面前，就像在泥石流面前一样毫无抵抗力。猛犸从人群最薄弱的地方冲过。部族人连滚带爬地退开，个别退让不及的被猛犸踩中，当场惨死。几个猎人掷出长矛和飞镖，但只是从它厚厚的棕毛上擦过，顷刻间，猛犸已经冲到阿骨刚才站的位置，离他还不到一条手臂的距离。

“快扎它的腿！”阿骨好像听到族长的声音，但他宛如身在梦魇中，无法动弹，呼吸困难，眼睁睁地看着猛犸从他面前逃走，晃动着小山一般的身躯，扬长而去。

“还愣着干什么？”不知过了多久，族长出现在他面前，“快去追踪那家伙，阿石，你也去！”

三

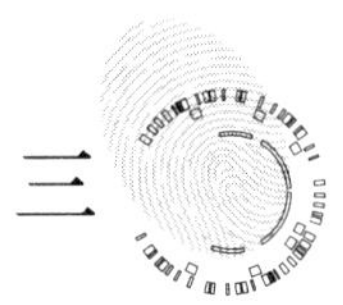

月神沿着天路巡视着星空，神山的雪顶在月下分外皎洁。阿骨和阿石垂着头走在荒原上，不知走了多久，终于看到远方透出温暖的火光。

“走了半个晚上，总算快到营地了。”阿石摩擦着手掌说，“又冷又累，真想赶快回去烤火，吃点热乎的！”

“哥，今晚怎么火光那么亮？”

“大概是在火葬阿壮和阿毛吧，还有阿虎，他应该也不行了，这次我们真是损失惨重。”

“对不起……”阿骨觉得很羞惭，“我当时不知怎么呆住了……如果我能扎中它的腿……”

“就算你能扎中，最多也就让它受点儿轻伤，未必有大用。”阿石长长出了口气，又重重挥了一下拳头。“我真不明白，畜生哪有那么聪明？我看都是那个猛犸人搞的鬼，下次一定要先射死那家伙。”

白天，猛犸逃走后，阿骨和阿石沿着猛犸留下的脚印又跟上了它，发现它卧在山脚下休息，猛犸人依偎在它脖子边上，好像睡着了。他们本来可以偷袭，不过两个人不可能干掉猛犸，反而打草惊蛇，所以留下了标记后就返回营地。

想到家里的温暖和食物，二人加快了脚步。但距离营地还有十几箭地时，他们发现不对劲。火光大得出奇，但不是做饭的炊火也不是取暖的篝火，而是一座座猛犸骨架和兽皮搭建的营帐在燃烧！火光的照耀下，许许多多人影攒动，陌生语言的呼喝和族人的惨叫声不断。

从营地的方向，一个披头散发的女人跌跌撞撞地向他们跑来："阿石，阿骨！救救我——"

"阿莎，出什么事了？"借着月光，阿石认出了是部族的女孩，浑身都在淌血。

"是鬼族人……他们一直跟着我们，晚上突袭了我们的营帐，还带着好多狼，见一个杀一个……"她哭着说。

阿骨的心往下沉去，鬼族是草原上最凶残的部族，他们自己内部通婚，对其他部族只会烧杀抢掠，占领他们的狩猎领地。他们豢养了一群恶狼，几乎所向披靡，已经消灭了七八个族群。为了躲避鬼族，云族迁徙了多次，想不到还是——

"那我阿妈呢？"阿骨忙问道。

"你阿妈……"阿莎苦涩地说，"……被一头狼咬断了脖子，我亲眼看到的……"

阿骨和阿石呆住了，不敢相信自己的耳朵。善良的阿妈，慈爱的阿妈，每天为他们采摘野果，缝制衣服，唱着童谣哄他们睡觉的阿妈，早上还唠叨着送他们兄弟出门打猎，怎么可能还没见到他们就——

阿骨悲愤地大叫一声，向着火的营地跑去。但阿石抓住了他的手臂。“哥，你干什么？我要去救——”

“来不及了，”阿石咬牙说，“现在去只能送死，走！”几箭地之外人声喧哗，出现了星点火光，已经有好些鬼族人追赶阿莎而来，似乎还有他们豢养的狼。

阿骨攥紧拳头，但终于扭过头，把悲愤化为脚下的步子。谚语说，如果你当不了猛虎，就当跑得最快的鹿。可阿莎已经受了伤，根本跑不动，眼看追兵越来越近，兄弟俩架着她跑了几步，不得不放下了她。阿骨很快听到了阿莎被擒住的哭骂声。鬼族人可能暂时不会杀她，但她的命运只能更加悲惨。他只有竭力不去听她的哀哭。

但鬼族人并未放过阿骨兄弟，仍然有一群人追来。阿骨毕竟年纪小，渐渐速度跟不上阿石，落在了后头。“快啊！”阿石回头催他。阿骨奋力又跑了几步，但步子一乱，被土堆绊倒，反而摔了一跤。

阿石回身要来拉他，但追兵已近，他刚迈出一步又停了下来，兄弟二人对望了一眼，目光中交换了千言万语。一瞬间后，阿石仰天悲吼一声，掉头飞奔而去。一个人死总比两个人死好，生存的逻辑就是这样简单而残酷。

阿骨挣扎着起身，掏出腰间的短石刀，想和鬼族人同归于尽。他们靠近了，三个人，一头狼。每个人都几乎比阿骨高大一倍，脸上涂满了油彩，画着鬼魅一样狰狞的脸谱。勇气离阿骨而去，他抑制不住地颤抖。一个大汉满不在乎地向阿骨走来，在他刺出第一刀之前已经夺下他的刀，轻松地将他踢倒在地，用大脚踩住他的胸口。然后从背后拿出一把巨大的石斧，高举起来，眼看要把他的脑袋劈成两半。

恐惧比死神更快地抓住了阿骨，他大叫起来：“别杀我，我带你们去找猛犸！”

鬼族话与云族话差别很大，但“猛犸”一词却是在各族间通用的。大汉露出狐疑的神色。阿骨一边喘息一边比画着说：“前面，猛犸，活的，猛犸！我，追踪，知道，我，带你们，去找，猛犸……”

大汉一脸茫然，似乎没听明白，斧头又要落下。但另一个人及时抓住了他的斧柄，对阿骨用拙劣的云族话说：“有猛犸，活。没有猛犸，死？”

阿骨忙点头：“有猛犸，活。没有猛犸，死！”

四

在这片土地上，猛犸是每一个部族梦寐以求的猎物。猛犸的肉和内脏可以供全族人吃一两个月，皮毛可以供几十个人御寒，筋可以做成弓弦和绳索，脂肪可以烧火，骨头和牙可以搭建营帐，牙还可以雕成工艺品，交换外族的珍稀货物。任何一个猎人如果在猛犸狩猎中立下大功，会成为部族中最受男子尊敬和女子爱慕的对象。

几个鬼族汉子放弃了追赶跑远的阿石，一心要找到猛犸，让阿骨为他们带路。阿骨只是个半大孩子，刚才摔得不轻，走路还一瘸一拐的，鬼族人懒得费心捆住他的手脚，只是不时拳打脚踢几下，催促他走快点儿。

他们走了很久，直到月已西斜，天已蒙蒙亮，还看不到猛犸的半点踪影，鬼族人渐渐不耐：“猛犸，看不见？有没有？”

“有！有！”阿骨忙说，“前面，有、有脚印！”

果然，前方出现了不少猛犸的脚印，虽然在夜里看不太清楚，但这么巨大的脚印还能属于什么动物？鬼族人拿着火把看了几眼，颇感满意。“快！”他们催促着，“去找猛犸！”

阿骨带他们走向一条山下的小道，又走了一会儿，忽然好像听到什么动静，回过头，望向他们身后，露出极度惊讶的神情：“猛犸，后面？！”

三个鬼族汉子一惊回头，却什么也没发现。一怔之后，才发现阿骨已经趁机飞快地向前跑去，脚上竟一点儿伤也没有。鬼族人大怒，发力追来。阿骨竭力飞奔，同时注意脚下的落脚处。跑出百步后，他听到了身后鬼族汉子的连声惊呼和砰然落地的声音。阿骨回过头，地面上已经看不到鬼族人和他们的狼了。

部族为猛犸挖的陷阱终于起了作用，三个人一头狼，都掉了下去。

陷阱有一个半人那么高，但很难长时间困住三个壮汉。阿骨快步跑到陷阱边上，正看到他们一个踩着一个肩膀往上爬，忙狠狠一脚把最上面的人踹了下去，又搬起边上的石头用力向下砸去，砸得他们鬼哭狼嚎。

阿骨正稍微松了口气，一道灰影却奋力从陷阱里跃出，却是那条狼踩着鬼族人的身体跳了出来，一口咬住了阿骨的胳膊，尖利的犬齿刺穿了他的肌肉，几乎深入骨中。阿骨惨叫一声，滚倒在地，另一只手摸到一块石头，忙拿起来捶打狼头，让狼牙松开了一点儿。但他并没有趁机拔出手臂，否则狼说不定会去咬他的脖子，而是将手一寸寸向前伸去，忍着血肉被撕开的剧痛，将拳头塞进狼的咽喉和气管。狼挣扎起来，脑袋左右摆动，四爪疯狂地抓挠着，想要脱困。好在阿骨的身上有厚厚的鹿皮袄子，狼爪很难伤到他。他一手堵在狼的喉咙里，一手拿着石块玩命地猛砸，不知过了多久，狼的挣扎总算渐止，一动不动了。又过了一会儿，阿骨才拔出鲜血直流的手臂，将狼尸踢到一边，去陷阱边查看。三个鬼族人有两个已经奄奄一息，有一个受伤不太重的汉子抓着草根想爬上来，看到阿骨，发出乞怜的声音，阿骨不去理会，一个接一个砸死了他们，才颓然坐倒。

太阳出来了，周围一片死寂。

阿骨不知何去何从。他不敢再回营地，那里肯定已经被鬼族人占据了；他也不知道阿石在哪里，是否逃出生天。他知道部族有几个通婚的族群，但也不知道他们的具体位置，而且人家也未必会收留他。最后，他想到了神山，也许祖先神会在山上庇护他，也许他可以去那里……

他尽可能从狼身上割了一些肉，不过也带不了太多，然后向神山走去，孤零零地宛如死去的游魂。走了不到半天，他就开始发烧，浑身无力，头重脚轻。他知道那是手臂上的伤口导致的，如果在部族里，他可以躺在营帐里休息，阿妈会给他用火烧灼伤口，再敷上清凉的草药，他不会有什么大事。但现在，没有人会再照顾他了。

阿骨走不动了，只好找了一个土洞蜷缩了一晚，一边哭泣一边逼着自己吞了几块血腥的狼肉，直到深夜才蒙眬睡去。但第二天，他的病势更加严重，伤口溃烂发臭，额头烫得吓人，浑身的气力剩不下一成。但他还是一早就挣扎着起身上路，但愈发虚脱。不知走了多久，他看到不远处有一条小溪，想去喝口水，蹒跚地走到溪边，就一头栽倒在地，再也爬不起来。

昏昏沉沉中，他仿佛看到那头猛犸从远处向他走来，停在他面前。古怪的猛犸人跳下来，将他拖上猛犸的背。阿骨知道他们要把自己带回去吃掉，不知道为什么，他感到这也是一种解脱。

五

“阿妈……我做了一个噩梦……”

身下的温暖和摇晃如同幼时阿妈的怀抱，阿骨渐醒过来，觉得口干无力，想要阿妈给他水喝，喃喃说道。但睁开眼睛，眼前却是一张污秽而丑陋的面孔。一股奇怪的腥膻气味扑鼻而来。

猛犸人!

他想起了发生的一切，吓得想叫，却叫不出声。猛犸人正在对他说话，他一个字也听不懂，但语音中似乎并没有敌意。阿骨放松了一点儿，但仍然警觉地盯着对方，这次他终于看清楚了，猛犸人的眉骨凸起，眼眶深凹，颧骨突出，鼻梁也很高，与其说是丑，不如说是古怪。他抓自己来，要干什么?

紧张的思考消耗了阿骨所剩无几的精力，过不了多久，他又昏了过去。当他再次醒来时，又感到身下摇晃，才意识到自己正在那头猛犸背上。他想爬起来，但猛犸人按住了他，力气出奇地大，阿骨根本无法挣脱，只有乖乖地躺下。

惊惧交加中，猛犸人把一把红色的浆果放到他脸上。阿骨已经渴了很久，一见到浆果再顾不得其他，只顾把它们一把塞进嘴里，大口咀嚼，吞下酸甜多汁的果肉。吃得急了，又呛了出来，连声咳嗽。

看到阿骨的狼狈，猛犸人咧开嘴，发出了古怪的笑声。看到对方的笑容，阿骨的恐惧减轻了不少。给你食物和水，在任何部族的肢体语言里都是友好的意思。他又一次审视对方，发觉猛犸人根本没有长着猛犸那样的长毛，那只是“他”穿着的猛犸皮，“他”露出来的皮肤和自己没有太大区别。而实际上，猛犸人声音纤细，胸部微微隆起，似乎是一个女性，而且年纪应该很轻，是一个——少女？

“你是谁？”他问，“为什么要救我？”

但少女好像根本听不懂他的言语，阿骨说了半天，只有放弃。疲惫袭来，他又睡了过去。

此后几天，阿骨在猛犸背上时睡时醒，猛犸少女每天喂他吃一些蘑菇、浆果和野菜之类的食物，但没法治疗他。阿骨稍微清醒了一点儿之后，自己割去腐肉，找了点儿草药敷上，居然挺了过去。

他们骑着猛犸迁移，寻找水草丰美之地，当猛犸啃着草料时，他们也在周围寻找可以吃的食物：野菜、菌类、植物根茎、昆虫和其他小动物。夜里他们靠着猛犸睡觉，猛犸出人意料地温顺，阿骨很快就不再怕它了。

阿骨开始尝试和少女交流，他指着自己的胸膛说：“阿骨，我是阿骨。”

少女看了他一会儿，犹豫地伸出手，指着自己的胸口说：“阿骨……”

“不不，”他连连摇头，先指着自己，再指着对方，“我——是阿骨，你——是谁？”

他说了好几遍，少女终于明白了过来，指着自己说：“卡拉……”

“卡拉……”阿骨笑了笑，“原来你叫卡拉……我叫阿骨……你叫卡拉……”

他感到一种莫名的放心，知道名字，就是见到了对方的灵魂。她不是什么非人的怪物，她叫卡拉。

几天后,阿骨才搞明白自己闹了笑话,“卡拉”是猛犸人语言中“我”的意思，少女真正的名字，叫“荻”，指的是一种草原的野花。

“荻，你救我？你要什么？”当他学会一点儿猛犸人的古怪语言之后,就问少女。他想问的是“为什么”,但荻的语言中好像没有这个词。

“我要……”荻比画着说，她的语言伴随着很多奇怪的手势，“我不知道。”

“你不知道？”

“什么都不知道。”荻认真地说，“你要让我知道……”

荻说了很多，阿骨花了很长时间才大致明白她的意思。猛犸人本来生活在遥远的西方，和许多猛犸生活在一起。但其他人类来到当地后，大举猎杀猛犸。他们带着仅存的一小群猛犸逃到东方，但途中又不断遭到各部族的截杀。五年前，那群猛犸被人类部族赶进一个山谷，放火烧死，猛犸人也都遇害，只有荻的母亲带着她和最后一头猛犸逃了出来。撑了几年后，母亲在去年冬天也死了，此后就只有荻一个人与猛犸相依为命。猛犸的名字很滑稽，翻译成云族话是——“小浆果”。

荻所见到的，都是捕猎猛犸的部族人，从未见过和自己类似的族群，她想，他们也许都死了；她和小浆果也一直遭到陌生部族狡猾多变的围猎。她不知道这些人为什么要追击自己。所以当她发现晕倒的阿骨时，她想，也许她可以从这个少年这里知道那些部族的事情。

“为什么你觉得我可以帮你？”阿骨问。

荻并没有说要知恩图报之类的话，而是伸出手，卡住阿骨的喉咙，把他提了起来，阿骨无法相信女孩力气能有这么大。

“你，活；不帮我，死。”荻简洁地说。

“好……我帮我帮……松手……咳咳……”

阿骨告诉她，各部族对付他们的理由只有一个：杀掉小浆果，吃了它。

“泥土！”荻气得用本族话大骂，“你们是泥土吗？吃猛犸！”

阿骨小心翼翼地说：“人什么都吃。”

“猛犸不可以！它们是……兄弟姐妹！”荻看上去都要哭出来了。

荻慢慢告诉阿骨，在他们的神话里，人和猛犸是草原之神生下的兄弟，他们绝不吃猛犸的肉，但可以喝它们的奶水，靠它们的皮毛取暖，让猛犸帮自己找到植物根茎和水源，骑着它们千里迁徙。更多的生活细节，荻也不清楚，在她的族群覆灭时，她年纪还很小。

阿骨之前做梦也想不到能驯养猛犸这种恐怖的巨兽，但他发现，小浆果虽然看上去庞大狰狞，性子却很温顺，而且相当聪明，荻可以随时把它召唤来，坐在它身上，指挥它前往任何方向，这是荻的母亲从它幼年起就一点点训练出来的。在荻的引导下，小浆果对他也祛除了戒心。他们白天可以骑乘着它，晚上依偎在它怀里睡觉也相当暖和，偶尔下雨的时候，草原上没有一棵树，他们就在小浆果的肚子底下躲雨。荻说，猛犸聪明而又喜欢同伴，只要你愿意和它们交朋友，他们就是你的朋友。

“帮我，保护小浆果。”荻对他说。

阿骨“嗯”了一声，他发现荻虽然力大无穷，但并不聪明，她威胁他，却不懂得他可以耍诈。他可以趁她熟睡时偷偷溜走，甚至用石刀割断她的喉咙。如果部族还在的话，他也许真的会这么做。但如今部族已经不存在了，他能去哪里呢？

阿骨知道荻的长相和一般人并不一样，力气也比人大得多，他甚

至发现她可以转动自己的耳朵，阿骨从未见过有人能这样。但无论怎么说，荻和猛犸毫无相似之处，既没有伸出嘴外的牙齿也没有垂下的长鼻。如果她不是人，至少也不是猛犸。

所以，他暂时没有逃走。

六

阿骨康复不久，新的猛犸猎人就出现了。一连好几天，阿骨都发现远处有几个人影，鬼鬼祟祟地跟在他们背后。阿骨知道他们的狩猎方式，他告诉荻让小浆果绕几个圈子躲开他们，对方就无从布局。猎杀猛犸可不是放一箭撂倒的事，每一个部族都必须动员大部分人力布下陷阱和驱赶路线。如果猛犸的活动范围不定，对方也就无从下手。

但那些猎人并没有很快消失，草原上的猛犸一天比一天少，他们不愿意放过这个机会。一天，阿骨发现，那些猎人走到离他们不远的地方，堆了一些石头离去。他过去一看，发现是三个小石堆，恰组成一个三角形。这是本地部族的共同语言：今天晚上，在这里约会。这毫无疑问是发给他的邀请。

阿骨已经两个多月没有见到熟悉的人类。他知道有危险，但想了很久，还是在夜里赴约，对方只有一个猎人，没有携带武器，看上去确实有洽谈的诚意。

“孩子，你是云族人吧？”猎人见面就问，说的是和云族很接近的话。

“你怎么知道？”

“你的衣服式样像是云族的，”猎人说，“再说你胸口不是挂着云纹石项链吗？我是河族的，叫阿波。我们两族经常通婚，你知道吧？你们老族长说起来还是我的表舅呢，哈哈！你该叫我什么？”

“阿波……叔。”阿骨犹豫地叫了一声。

“叫哥也行，”阿波亲热地摸了摸他的脑袋，“你们云族的不幸在草原上传开了。我们都很气愤，那些鬼族的狼崽子简直畜生不如，我们一定会帮你们报仇……不过话说回来，你怎么会和那个猛犸人在一起？”

“她……救了我。”阿骨简单地回答。

“原来如此，”对方抛出了正题，“小伙子，我们抓不住那头猛犸都是你干的吧？云族也是堂堂的神山子民，干吗和猛犸人混在一起？他胁迫你的？”

阿骨点头，又摇头，不知怎么回答。

“这也难怪，谁让你一个人无依无靠呢。”阿波同情地叹口气，又说，“这样吧，我可以帮你。你帮我们把猛犸引进包围圈，我保你加入河族！你年纪也差不多了，立下了这场大功，我们族里最漂亮的姑娘随便你挑！”他哈哈笑了起来。

阿骨沉默了，对方的条件的确诱人。和荻在一起每天风餐露宿，连火都不生，这种日子比在部族里生活差得远。也许这就是他一直等的机会。

“怎么样，孩子？”阿波看他迟迟不答，又说，“你如果不放心，我可以在神山面前起誓。”

“不用，可你们……不能伤害她。”阿骨说。

“谁？”

“那个猛犸女孩。”

“猛犸人？”阿波吃惊，“她是女孩？”

“她……救过我的命。”

阿波咧嘴笑了，做了一个“我懂”的手势：“没问题，我们只要猛犸，不会碰你的人，如果……如果她愿意加入河族，我们也欢迎。”

阿骨又想了想，终于下定了决心：“好，你们明天带大队人来，我会配合你们行事。”

阿波大喜：“太好了！我这就回去报信，到时候猛犸肉分给你最肥美的一份！”为了表示友好，他主动送上了一只刚打到的雪鸡。

阿骨接过，点点头离去。冷风吹过，才发觉自己已经汗流浃背。他听到身后细微的草丛拂动，知道一支对准他的箭刚刚撤去。如果他拒绝对方的邀请，心脏早已被它洞穿。

阿骨回到猛犸身边，荻还在熟睡，身子蜷缩着，被小浆果的鼻子围住，就像一个草篮中的婴儿。阿骨不知道，阿波的承诺有多少可信，但他知道荻不可能离开小浆果，过一般部族人的生活。他想，不如在梦中杀死她，让她毫无痛苦地死去。

他拔出刚磨好的一把石刀，在荻身边站了很久，很久，好像在等待神的指示。

也许神已经指示了，他想，自从那一天在神山下遇到荻，也许神指给了他一条完全不同的道路。

最后，阿骨发出一声听不到的叹息，唤醒了荻：“我们要趁天没亮，赶快离开这里。”

“离开？”荻还有点儿蒙。

“我们被盯上了，河族人。他们很强大，狩猎猛犸也很有经验。如果不赶紧离开，他们会一直跟着我们。”

“我们能去哪里呢？”荻无助地问。

阿骨苦笑了：“我也不知道，去……那边吧。”他指了指太阳升起的方向。

月光下，一头孤零零的猛犸，驮着一对少男少女，向东方而去。

七

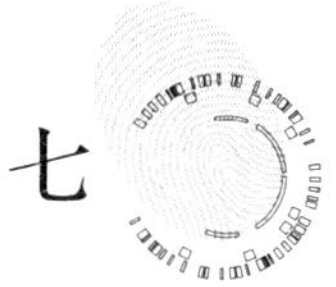

东方是一片地势低洼的平原，夏天时，一样是芳草萋萋，繁花似锦，一样有许多的人类族群和无数其他生灵在这里平静地生活了无数世代，未来还将度过漫长的岁月。

但那并不是一块普通的陆地，它位于后世的华东、朝鲜半岛和日本列岛之间，正是黄海的位置。在冰河期，大量的海水被储存在冰川中，导致海平面下降百米，让海底的大陆架变成了草原。三千年后，随着气候回暖，上涨的海水将会淹没这里，让草原重新回归沧海，也会淹没一切人类祖先的遗迹。当然，那还是很久很久以后的事，如今这里是阿骨和荻的新家。

他们在东方草原待了十年。最初，他们仍然小心翼翼地躲避人类猎手，游走在各部的边缘，冬天反而容易度过一点儿。那时候人类部族会向气候暖和的海滨迁徙，但猛犸巨大的体形和厚厚的长毛让它可以在严冬生存下去，阿骨和荻可以在它怀抱中取暖。猛犸会用长牙拨开厚厚的积雪，食用下面丰富的灌木与杂草，阿骨和荻不难在它扫荡过的地方找到可食用的植物，有时候还可以挖出冬眠的睡鼠和刺猬大快朵颐。阿骨慢慢教会了荻生火烤炙食物，这样小浆果也会渐渐熟悉火焰的光芒，不至于被人类的火把轻易吓跑。

第二年春天，他们在草原上遇到了一个野生的猛犸种群，小浆果已经成年，它的天性被唤醒，奔向自己的同胞，加入了它们。荻以为永远失去了它，非常难过。但两天后，小浆果又回到他们身边。后来他们才发现小浆果怀孕了。它怀孕的时间很长，近两年后才生下了一只小猛犸，荻叫它“小种子”。

很快，那群野猛犸代替了小浆果，成了东方各部族捕猎的首要目标，阿骨知道，它们几次被伏击，损失很大。而就在小种子降生后不久，发生了一件极其恐怖的事：那个猛犸种群统统被人类猎杀了。一天，阿骨他们路过一座悬崖下，看到了十多头猛犸的残尸。看上去是被人赶上悬崖后慌不择路掉下来的，因为这次的捕杀实在太多，根本没法都带走，尸体上还剩下许多皮肉和骨头，足以供几十头野狼、鬣狗和上百只秃鹫享用一个夏天，冲天的腥臭在山的另一边都能闻到。不知怎么，阿骨想起了自己部族被杀戮的那一夜，感到一阵难过。

他们很快离开了那里。但第二天，阿骨他们醒来时，发现自己多了一个同伴。一头臀部带伤的公猛犸远远地跟着小浆果和小种子。阿骨觉得它就是那群猛犸劫后余生的成员，也许还是小种子的父亲。他们给它了一些食物，让它靠近，小浆果很快接纳了那头可怜的猛犸，就像当年荻和小浆果接纳阿骨一样。荻给它取了一个名字“小叶子”。它最初还比较怕人，但很快被小浆果所影响，除了不让人骑乘之外，对两个人已经毫无戒心了。

此后，小浆果又生了三头猛犸，一头夭折了，另外两头健康地活了下来。陆续又有在人类猎杀中逃生的几头公母猛犸投奔了他们，而它们又生下了新一代猛犸。以小浆果为头领，这个新的猛犸族群日复一日壮大起来。十年后，猛犸已经有十二头之多。荻给它们都起了名字，什么小蘑菇、小蚂蚱、小石头、小月亮，没有一个能和猛犸高大威严联系起来。

这群猛犸引起了周边部族的兴趣，但人们很快发现，这是非常难以追踪和对付的猎物。猛犸以小浆果为首领，追随它的步伐，小浆果服从荻的命令，荻则根据阿骨的建议指挥迁移。它们不会被任何人群的恐吓吓跑，也不会毫无警觉地走入陷阱，更不会任带弓矛的猎人靠近。当族群壮大之后，它们就变成了足以冲毁一切的洪流。更很少有人敢对它们下手。在最危险的一次突围中，十二头猛犸冲破了上百人的围捕，踩死踩伤了几十人后顺利逃走，只有几头猛犸受了轻伤。

但幸运之神不会一直眷顾他们。

那天，当他们向东南方走了前所未有的一段距离后，发现一条大河出现在草原上，河的宽广让人难以置信，他们几乎看不到另一边的河岸，大河蜿蜒着流向天地尽头。猛犸们已经有好几天没有找到充足的水源，骤然看到大河，纷纷来到河边喝水，小猛犸们更兴奋地用鼻子吸起水，相互喷来喷去地玩耍。阿骨和荻也畅饮了一番，坐在河边的石头上，看着猛犸们的嬉戏。

“这么多的猛犸孩子，多好啊，”荻说，但又想起了什么，长长叹了口气，“可是……”她没有说下去。

阿骨知道她想说什么，握住了她的手：“我们会有自己的孩子的。”他们已长大成人，在来到东方草原第二年的春天，在自然的冲动下相互结合，但不知为什么，荻一直没有孩子。

“可是这么多年过去了，”荻愁容不改，“我一直不能成为母亲，也许我真的是猛犸的后裔，和人类——”

阿骨设法转变话题：“别说这个了。你说世界上怎么会有这么大的河，它是从哪里来的？”

“我猜，”荻没有回答，阿骨继续说，“它一定是天上的银河流下来的，沿着它往上游走，就可以走到天上去。我们带着小浆果它们一起去吧！”

“去天上干什么？没有吃的。”荻终于开口。

“有啊，”阿骨笑眯眯地说，“那么多的星星，一定是天上的浆果，不是都可以吃吗？”

荻猜到阿骨是逗她开心，但忍不住还是笑出了声。

阿骨当然不知道，他们所见到的这条河来自青藏高原，万里东流，汇聚了无数河流才从自己面前经过。在遥远的未来，它会以“长江”的名字出现在史册上，会有舟船往来，南北通航，发生许多次决定历史的战役，最后还会架起大桥，沟通天堑。但他们所看到的严格地讲，也不是长江，而是长江不复存在的“下游”，它穿过此时仍是草原的黄海，穿过朝鲜半岛，汇入日本海。

阿骨还在滔滔不绝地说着，但荻的耳朵动了一下，脸色大变，猛然回头。阿骨顺着她的目光看去，发现十来个猎人在刚才还空空如也的河岸边出现，都拉开长弓，对准了他们。如果一起放箭，他们两个会立刻被射成蜂窝。借着大河滔滔水声的掩护，对方悄悄靠近，竟然没有被他们察觉。

猛犸们也发现了人的踪迹，紧张地向主人们靠拢，但肯定来不及阻挡对方的飞箭。一旦他们死去，猛犸群的覆灭也为时不远了。

“不要！”阿骨做了一个阻止的手势，用生疏了多年的云族话喊道，也不管对方是否能听懂，“有话好好商量！”

前头的一个青年冲他怒骂了几句听不懂的言语，将弓箭对准了他，也许他是前不久被踩死好多人的族群中的一员，要为亲人报仇。

“你们可以杀死我们，”阿骨说，心脏简直要跳出胸膛，“但是我们的猛犸会……会冲过去，为我们复仇，你们会死很多人，值得吗？”

其实他很清楚，如果他们两个被杀死在这里，无人指挥的猛犸只会四散乱跑，猎人们只要稍微离得远一点儿，就不会有什么损失，回头再捕猎它们就易如反掌了。他只希望对方不会轻易地看穿自己毫无底气。

剑拔弩张中，一个大胡子的中年男子走上前来。他身材高大，戴着一种鸵鸟羽毛装饰的帽子，穿着雪白的狐狸皮衣，脖子上挂着玉石项链，腰间佩着一把雕工精美的刀，好像是猛犸牙制成的，看上去应该是一个头领人物。

阿骨紧张地盯着他，知道只要他一挥手，就会万箭齐发。而对方可能根本听不懂自己的语言，说什么都是白搭。

“你们……”他口干舌燥，越来越难以保持镇定了，“你们听我说，就像谚语中说的那样，我们可以像披毛犀和猛犸一样，保持和平……和平……”

他再也说不下去了，因为那人张大嘴巴，用一种奇怪的、像见到精怪的目光看着自己，充满了活见鬼的惊愕。为什么，难道是因为“猛犸人”会说话让他感到奇怪吗？

“……阿……骨？！”那男子艰难地吐出两个字，“你莫非是

阿骨？！”

阿骨的心像被一道闪电劈中。他震惊地盯着面前的男子，在陌生的外貌下，渐渐找到了一张熟悉面容的痕迹。

“哥？！”

在所有人和猛犸的惊讶注视下，他们冲向彼此，拥抱着，又哭又笑。

八

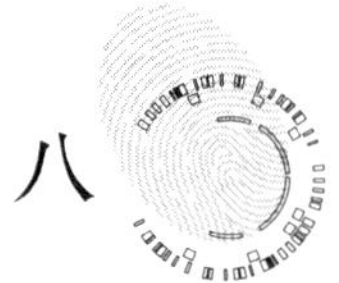

他们平静下来之后，阿石说服其他猎人先撤去，阿骨也让荻带着猛犸们回避。二人坐在一起，互诉别来情由。

那天晚上，阿石逃走之后，流浪了十多天，在东面的平原上找到了曾和云族通婚的友好部族——风族。风族人收留了他，后来阿石在狩猎中立下了不少功劳，荣升为狩猎队长。几年前，他领导众猎人成功猎杀一个大猛犸群，更是被推举为新一任的族长。这期间，他和一个风族姑娘结为伴侣，生下了三个孩子。后来，他听说草原上出现了一群奇特的猛犸，被一男一女两个猛犸人所带领，怎么也抓不住，但从未把这事和自己弟弟联系在一起。

阿骨也简略地告诉哥哥自己的经历，阿石大笑起来：“看来我们干得都不赖，你居然成了猛犸族的族长啦！”

“哥，别取笑了，”阿骨苦笑，“当初我自己也没想到，居然莫名其妙就和猛犸生活在一起了。”

“是啊，就是最好的占云师也算不到……不过，你过得好吗？”

阿骨缓缓点头。

“那就行了，不管你是和猛犸在一起还是和披毛犀在一起，都是我最亲的兄弟。”

阿骨心里一片温暖，又问：“哥，那你们风族能放过那些猛犸吗？这么多年下来，它们就像我和荻的孩子一样……”

阿石的答案却出乎他的意料：“不行。”

阿骨愕然，阿石笑了：“你不用急。我本来也不想猎杀你的这些猛犸。实际上，我这次来根本就不是为了捕猎猛犸。”

阿骨越发诧异：“那是为什么？”

“为什么？”阿石的笑容忽然消失，面孔扭曲起来，目光中喷出仇恨，像是一瞬间被恶魔附体。“阿骨，你还记得鬼族吗？”

“鬼族”这个名字阿骨已经很多年没听到，但此时他的心再次感到了重重一击，像是被猛犸的脚重重踩踏了一下。火焰的噼啪和族人的惨呼仿佛又在他耳边响起。

“怎么会不记得呢？”他喃喃地说，“那是我一生中最可怕的一个夜晚。”

“我想你也不会忘记。自从那一夜之后，我无时无刻不想复仇。但如今鬼族是草原上最大的势力，天知道他们豢养了多少头狼！风族也是为了逃避他们才越来越往东迁移。不过鬼族人现在也来到了这里，想要侵占整个东方草原。”

“他们……”愤怒充满了阿骨的胸臆，“他们竟敢……”

“所以，我们很快要和鬼族将有一战，你愿意帮我吗？”

“当然愿意！”阿骨大声说，“那些鬼族的畜生，我真想把他们肮脏的头颅一个个割下来！可是哥……我怎么能帮你？”

阿石在他耳边说："兄弟，你只需要帮我一件事……"

稍晚一些时候，阿骨和荻一起坐在大河边，把阿石的计划告诉她。

"不能这么做，"荻一惊，连连摆手，"这太危险了，怎么可能……母亲从来没说过这种事。"

"你可以的，它们都听你的指挥，绝对服从，我们上次突围不就是证明吗？"

"那是被逼无奈，可是这次——"

"这次同样是被逼的！"阿骨焦躁地说，"哥告诉我，鬼族人已经征服了无数部落，现在已经离我们越来越近。如果下次被比风族还多十倍的鬼族人围攻，我们不会再那么好运。"

"我们可以再逃走啊，去大河东面，去北方……"

"逃走！逃走！"阿骨攥紧了拳头，"别的地方一样有人！我已经过够了东躲西藏的日子。荻，这是我们最好的机会，哥哥说，他将来会在狩猎领地里分给我们足够大的地盘，我们可以和猛犸生活在一起，永远不会有人再打它们的主意。这不是一直是你想要的吗？"

"阿骨，"荻正视着他，"你是为了保护猛犸们，还是为了给自己的亲人'复仇'？""复仇"是她的语言中没有的词汇，她是勉强从阿骨的语言中学会的。

这让阿骨更加怒火中烧："对，我是为了给阿妈、阿莎和所有人复仇！又有什么不对？如果你的族人懂得复仇，又怎么会一次次被杀戮和驱赶？你们曾坐拥天底下最强大的力量，最后却只能像一窝兔子一样被赶尽杀绝！"

他说完这句话后就后悔了，家族的覆灭是荻内心最深的伤疤。荻的脸色变得极其可怕，眼神中燃烧着愤怒，阿骨不知道她下一步是会高声怒骂还是直接把自己的胳膊拧断。

但荻的目光渐渐转为哀伤，如同火焰变成灰烬。她长叹了一声：“好，我帮你完成心愿，但愿你不会后悔。”说完，她头也不回地离去。

九

深夜，繁密如星的猛犸骨帐之间，几百头狼不约而同地嚎叫起来，如同在召唤黑暗的恶灵。

鬼族首领从帐幕中起身，嘴角露出一丝微笑。那些风族人来了，前几天侦察的外围族人就发现了他们的踪迹。这些笨蛋，妄图偷袭鬼族部落，却不知道自己的行踪早已暴露。当然，就算没有发现也不要紧。别的不说，群狼的叫声就能够及时预警外族的任何偷袭。

鬼族武士们迅速在营地的木栅栏外集合，点燃火把，每个人手中牵着一头大狼，总共有近两百头。如何养活这些几乎和人一样多的狼也是令鬼族感到头疼的问题。哪怕只是为了喂饱它们的肚子，鬼族也必须不断夺取其他族群的生存空间。

但这些狼不仅是捕猎的好帮手，也是战场上的重要助力。它们忠诚、聪明、勇猛，胜过最利的刀、最快的箭，是鬼族人的兄弟，也是其他各族的噩梦。据说其他一些部族也在学着驯化狼，不过还没有成功的例子。

远处的偷袭者正在逼近，今夜多云少星，什么也看不清楚，但能听到人群走动的声音。群狼发出“嗷嗷”的叫声，兴奋得马上要扑上去，

鬼族武士使尽力气才拉住它们，他们要等对方再近点儿再发起进攻。

很快，对方距离他们只有七八箭之地了。鬼族人蓄势待发，但此时，大地开始发出有规律的震颤，最初微弱，很快便越来越强烈，群狼的叫声从长嗥变成了焦躁的“呜呜”声，它们不再急着向前冲，反而犹豫着后退。鬼族首领感到蹊跷，再望向前方，熊熊火光下，可以看到远处的人群向两边分开，后面依稀有什么东西……某些巨大的东西，正在挪动……

鬼族首领张大了嘴巴，几乎不敢相信自己的眼睛。

那是一群猛犸！在最前面的两头猛犸身上，似乎还坐着两个——人？这怎么可能？

两头猛犸发出撼动夜空的长嘶，开始向前迈动脚步，其他的猛犸也吼叫着，跟了上来。很快，所有鬼族人和狼都能看到他们的对手了。猛犸们排成一行，步子越来越快，甚至飞奔起来，像山崩，像海啸，像突如其来的暴风雪，向着呆若木鸡的鬼族人席卷而来。

“顶住！”鬼族首领惊恐地叫道，“快放狼，拦住它们——”

鬼族人放出了手中牵着的狼，但在猛犸的威势前，大部分都畏葸不前，有的吓得夹着尾巴逃走。只有一小部分参加过狩猎猛犸的忠诚战狼冲到了猛犸跟前，但不是被直接踩死，就是被踢到一边，对冲刺的猛犸没有造成任何阻碍。猛犸后面的风族人很容易就收拾了剩下的伤狼。

猛犸已冲到面前，不少失去狼的鬼族人也失去了勇气，转身就逃。但首领仍在坚持抵抗：“挥舞火把，放箭！”

但这些猛犸对鬼族的火把并不惧怕，稀稀拉拉的箭矢也射不穿猛犸那堪比披毛犀的厚重皮毛。刹那间，第一头猛犸冲过了防线，一人多高的鹿角栅栏，被猛犸一冲就倒，它身上的神秘人吹着口哨，仿佛发出催促的号令。首领终于明白，关键是对付猛犸身上的骑士，他忙拿出弓箭，想射向冲在最前头的猛犸人，但他刚刚张开弓，身体忽然悬空，然后重重坠地——后面的一头猛犸用鼻子把他卷起来，又用力摔在地下。

首领的倒下让鬼族人最后的抵抗也崩溃了。越来越多的猛犸和其他人占领了鬼族的营地。首领倒在地上，一时还没有死去，眼睁睁地看着后面的猛犸骑者跳了下来，走到他面前，俯身说了一句话，他只听懂了其中“云族”二字，记得那是他亲自带队灭掉的一个小部族，但他不明白那和猛犸人有什么关系。直到他的脑袋被割下来，挂在了长矛上，他最后残存的思维还在想着这个谜。

这一夜，天空被燃烧的营地映红，就像许多年前的那一夜一样。

十

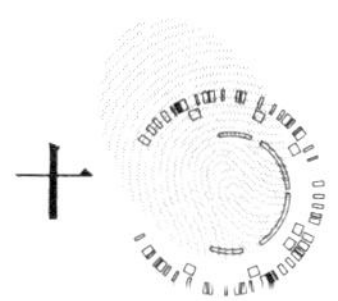

苍茫云海在脚下铺陈开来，从云缝间可以看到下方的丘山，山谷间蜿蜒着白玉般的冰川。周围是千年不化的积雪，苍劲的黑色岩石在雪中挺立，面对西沉的落日，一只孤独的苍鹰在云上翱翔。

花了一整天，阿骨和阿石终于登上了神山之巅。这是历代部族联盟盟主的参神之旅。不过这次新的盟主破例带上了自己的兄弟。

“小时候一直以为祖先的神就在这里。”完成祭拜之后，阿骨感叹说，“那年云族被灭，我还想上来祈求神的助力呢，想不到上面什

么都没有。”

“祖先神都在天上，化为风云雷电，神山是和他们沟通的场所。”阿石说，“兄弟，是祖先神让我们逃生、重逢、联合在一起，重建云族，然后是——拥有整个草原。”

阿骨默默点头。这三年中，他们经过五次大战，已将鬼族人彻底消灭，击溃了河族等竞争的部族，重掌神山周边。云族流亡的残余成员被一个个找回来，也重建了族群。以云族和风族为核心，阿石召集各部，建立了消散多年的部族联盟，成为整个草原的盟主。

“可惜，还有那边……”阿石指了指西南方向，那里有一块醒目的乌云。

“那是哪里？”

“林族人，他们占据南方的森林地带，”阿石说，“很多代之前，我们云族和风族等族就是从那里被赶到北方的，现在是时候要回属于我们的土地了。”

阿骨一惊：“你又要打仗？可是草原各部族都听命于你，又何必——”

“我不是为了自己！”阿石有些不快，“而是为了整个联盟。草原是苦寒之地，我们需要南方，在那里气候温暖，物产丰饶，无论是人还是猛犸都可以过得更好。”

“可是猛犸不能再参战了，这几年已经有两头猛犸死掉，还有一头逃走……”

“但又生了三头，还有两头新加入你们的，猛犸的数量比以前更多，原来的草场都不一定够用，你们也需要更好的牧地，森林地带可比草原上更舒适。”

“但是……”阿骨还是觉得不妥。

“不用但是，”阿石搂着他的肩膀，另一只手指向远方，“你看！”

在他指的方向，几块巨大的云团正被北风推动，迅速飘向南方，看上去就像是空中的猛犸群。

“天现异象，占云师说这是大吉大利之兆。”阿石笑眯眯地说，“放心吧，这是最后一次，这次之后，我们夏天可以在草原狩猎，冬天可以在南方河谷过冬，这是众神赐给我们的福祉！”

“你说什么？”荻不敢相信地瞪着阿骨，“我们长途跋涉回到神山还不够，还要去不知几百里外的陌生土地和根本没招惹我们的部族开战？”

阿骨解释说：“那是我们云族的老家，大概一百多年前，我们就是被林族人赶到北方的。哥说我们这次是要赶走那些入侵者，重返故园。”

“那是他的事。猛犸们不能再折腾了，”荻检视着小浆果腿上的伤痕，“这是上次被那些河族人扎伤的地方，一直都没全好。还有小叶子和小蘑菇也受伤未愈，小石头还死了……”

“我知道……”阿骨感到有点儿内疚，“但这是最后一次了。南方更适合猛犸生存，我听老人说，以前的猛犸也是在南方森林地带活动的，后来被大量捕杀才迁到了北方，如果我们能打下南方森林，哥说可以把最好的一块河谷给我们。他向来说话算话，这你知道。”

“他说话算话过？”荻冷哼，“每次让猛犸打仗都说是最后一次，结果呢？就算得到了几块游牧地又怎么样？待不了几天就要跟他们的部落去更远的地方。”

“可他们需要我们。”

“需要猛犸去当你们的长矛和盾牌。”荻冷冷地。

“不是啊，现在他们可是把猛犸当救星供着，几头小猛犸也很喜欢和部族的孩子在一起玩儿，你知道阿石的儿子小阿毛和它们玩儿得最好，那次不小心被小蘑菇冲撞了一下，孩子腿都断了，也没有人责怪它们；还有阿溪，上次送来了很多赭石粉，可以涂在它们的眼眶边驱赶蚊蝇；还有阿花，经常背着一筐筐的草料来喂它们……荻，你的族人不在了，可今天我们能够让人和猛犸再次成为兄弟。”

“说得好听，可你是让猛犸像狼一样去杀人！这违背它们的本性，会出乱子的。”

“我知道，”阿骨叹了口气：“但与林族的战事已经开始，很多风族人已经出发去了南边，如果我们不帮他们，也许他们都会死的，你真的忍心？”

荻微微动容，却还是坚持：“这是他们自己要去的，我早就觉得，不该和部族人走得太近。”

阿骨没有再说话，却打开腰间的皮囊，把一些食物和石器放进去。

“你干什么？”

“我也要去南方。”阿骨说，“我亲生的大哥需要我。如果你们不去，我就自己去。”

“我们不去。”荻斩钉截铁地说。

阿骨没有再说什么，转身离去。小浆果看着男主人离去，而女主人却没有像往常一样带着它们跟上，奇怪地晃了晃耳朵。荻站立着一动不动。如果阿骨回头，会看到她已经泪流满面。但他并没有。

直到阿骨走到视野的尽头，荻才大声喊道：“臭泥巴！你给我站住！”

十一

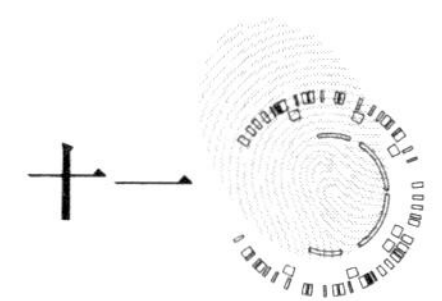

荻和猛犸们还是随着草原部族的远征队向南方出发了，踏上了从未见过的土地。

十几天后他们第一次见到了森林，实际上是森林和草原的交界地带。丰茂的草丛间，稀疏的高大乔木直冲天空。云族人在树木边上建起了几百个帐篷，有人在休息，有人在外面采摘木耳和蘑菇，还有人在捕捉第一次见的松鼠等小动物。不远处，猛犸们也迫不及待地卷起树上嫩绿的枝叶，惬意地咀嚼着，看来它们很喜欢这里。

荻还是和小浆果在一起，这段日子她都不怎么搭理阿骨。阿骨在阿石身边："哥，我们到哪儿了？林族人在哪里？"

"这边应该已经是他们的势力范围。"阿石说，"不过再翻过两座山才是他们的主营地。我已经派人到前头去侦察。我们天不亮就开拔，最晚明天下午，就可以发起进攻了。"

"他们有多少人？"

阿石一笑："不少，不过还比不上鬼族，林族人身材矮小，也没有战狼助阵。而且他们应该已经很久没有见过猛犸了，你的猛犸部族一定会让他们吓得屁滚尿流。"

阿骨犹豫了一下，说："哥，不要杀太多人，我们不能学那些鬼族人……"

"我们不是鬼族，只要他们投降，我们可以分享这片森林——"

他的话忽然止住，眼神盯着前方，阿骨顺着他目光看去，在林间的长草丛间，似乎有一些东西在移动。

“那是……”阿石忽然跳了起来，“林族人？”

阿骨也看清了，那是一些身材矮小的人，身上黏满了草叶，在草丛间很难发觉。他们已经靠近了猛犸群。有些猛犸已经看到了脚下的这些小家伙，但他们已经不怎么怕人了，只是看了两眼又回去吃叶子。

“荻，小心！”阿骨大声叫道。荻正在小浆果的身边小憩，听到阿骨的叫声，抬头发现一个林族武士已经在面前，荻反应极快，一脚把他踢翻，随后跳上了小浆果的背。但另外几个人已迅速地滚到正在吃树叶的猛犸肚子底下，闪电般地向上刺出长矛，刺进它们柔软的肚腹。

猛犸们发出撕心裂肺的惨叫，百箭之外都能听见。许多猛犸立起来，又重重地落下，让大地也发出呻吟。此时，丛林深处传来恐怖的鼓点声，猛犸们受到重创和惊吓，发狂似的转身就逃。

它们后面不远处就是草原人的营帐，荻设法约束它们，小浆果倒还听话，可其他猛犸又惊又痛，再不听指挥，践踏着一个个帐篷冲了过去。草原部众根本来不及反应，许多人直接倒在了发狂的猛犸足下。片刻间，已经死伤满地，一片狼藉。树上也冒出来许多林族武士，借着浓密的枝叶掩饰自己，像猴子一样跳来跳去，他们吹出骨镖，射向毫无防备的草原人，令他们像无助的小羊一样倒下。

“哥，我们怎么办？”阿骨问阿石。阿石却好像僵化成了石头，多年不断的胜利让他无法接受眼前的事实。

“哥！”

“撤——退——！”阿石终于大声叫道。

其实不用他叫，剩下的人已经在狼奔豕突，但林族人越来越多，很多人逃不出去。小浆果冲到他们身边，荻在小浆果的背上对阿骨伸出手，阿骨忙爬上去，回头对阿石说：“哥，你也上来！”

阿石向前踏了一步，又退回去：“我……不能走。”

“为什么？”

“那么多部众还在这里，”阿石咬牙，“我是盟主，不能抛下他们，你们先走！”

“可你会死的！”阿骨叫道。

阿石望了一眼周围死伤满地的人群，露出惨淡的笑容：“你不懂吗？我回去还不如死在这里。”

阿骨明白他的意思，作为盟主，回去后，他无法再面对失去太多亲人的草原各部，即便活着也生不如死。也许只有战死在这里，才能挽回身后的光荣。

“小心！”阿石猛然掷出手矛，一个靠近的敌人从树上应声倒地。“你们快走吧，要不就来不及了。阿骨，请你照顾我的儿女——”

阿骨还想再说，但另一个林族人从树上落在小浆果背上，手中拿着一把燧石刀割向阿骨的咽喉，眼看他躲避不及，还好荻抓住对方的手臂，和他扭打起来。小浆果感到身上有陌生人，惊恐地抖动着背部，林族人站不稳，终于被荻扔了下去。

“快跑，小浆果！”荻果断说，小浆果玩命狂奔而去。

阿骨回头望向阿石，阿石对他微微点头，怒吼一声，全力扑向一个林族武士，扭打起来……他的身影越来越远，被阿骨的泪水所模糊。

以后，他再也没有见到阿石。

林族人收拢了包围圈，大举屠戮残存的草原部众，许多阿骨熟悉的面孔埋没在荒草间。而更悲惨的是那些猛犸，它们大部分已经中了林族人的伏击，腹部被长矛刺穿，跑不出几百步就一头头倒下，成为林族人的猎物。由于身体庞大，它们死得很慢，尽管身上已经被长矛刺出不知多少个洞，鲜血已经像瀑布般泻下，内脏也从破碎的腹腔中流了出来，它们还活着，挣扎着，悲鸣着，望向正在逃离的同伴和保护人，不知道发生了什么。

十二

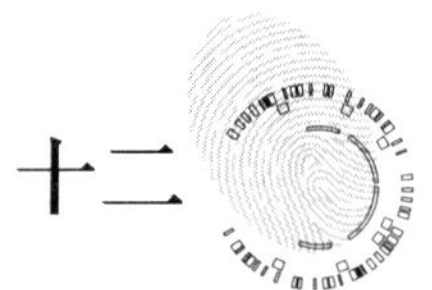

其他人和猛犸都消失在身后，一切仿佛又回到了十多年前，两个人和一头猛犸相依为命，踏上了漫长的逃亡之路。一路上没有人说话，只有猛犸沉重的脚步声。

黄昏降临，森林已经在地平线上消失，小浆果的步子慢了下来。阿骨说："荻，让小浆果吃点草吧？"

荻没有回答，却向后一歪，从小浆果身上摔下，落在草丛间。阿骨大惊，忙跳下去，抱起了荻："你怎么了？"这时，他才发现荻早已昏迷过去。在她的腰腹之间，汩汩的鲜血正在涌出。那里有一道深深的伤口，大概就是刚才那个林族人用刀戳的。

"荻！"阿骨惊慌地叫道，"荻！"只觉得身上发冷，无边黑暗就要把自己吞没。

荻面色惨白，终于张开眼睛，微微启唇："阿骨……我要死了……"

"别胡说！"阿骨手忙脚乱，想给她止血，他用手按着，用皮衣按着，用干草按着，都没有用，血仍在不断地渗出。

"没用的……其实我早就预感……总有一天……会出事的……"

“都是我的错，呜呜……”阿骨的泪水奔涌而出，“我为什么要听阿石的，我们不该来这里的，如果不来这里该多好！”

“母亲说，”荻的声音细若游丝，“猛犸是我们的兄弟……我们不能役使它们，否则……否则必有灾难……”

“我是个浑蛋，”阿骨哭叫着，抽打着自己的耳光，却感觉不到疼痛，“都怪我鬼迷心窍……”

“不是你……”荻抓住了他的手，阻止他伤害自己，“但你们的部族好奇怪，你们会唱歌，会画画，发明出了各种工具，但总想统治世界万物……迟早会……会……”

“荻……”阿骨无言以对。悔恨如狼爪，一下下狠狠地撕扯着他的心。

“对了……”荻的眼睛又发出一星光亮，“你记得那天在大河边说的话吗？我一直在想……如果我们能……离开地上……走到银河上去……多好呀……”

阿骨攥着她的手，感到她温热的手掌正在渐渐变冷。他颤声说：“我们会去的，总有一天会去的，小浆果、小种子、小叶子它们都会去的……去星星间游牧……”

“我……现在……就……要……去……”荻的声音更加微不可闻，“你……和小浆果……一起……”她抬起手，好像要抚摸一下阿骨的脸颊，但还没有碰到阿骨，那只手就垂下来了，以后也不会再动。

阿骨泪眼蒙眬，看着她无神的眼睛慢慢合上。在一点点黯淡下去的暮光中，她那古怪而又亲切的面庞也渐渐沉入黑暗，无法再看清了。

阿骨今后再也见不到同样的眼睛。这个星球上再不会有任何人见到。

阿骨不知道，也不可能知道荻真正的身世。

她不是和他一样的“人”，或者说，五万年前从非洲走出来的现代智人，而是从古猿人中进化出来的另一个物种，称为丹尼索瓦人。这类人的支系在数十万年的发展中，获取了和智人接近而略低的智力以及更发达的肌肉，但他们没有人类的创造力及侵略性，也发展出与人类完全不同的文化。丹尼索瓦人的主体，在阿骨降生前的一万多年前就消失了，但其中的一支在西伯利亚与猛犸结成了长期的共生关系，在猛犸的帮助下又延续了一万年以上。随着更进步的智人对猛犸的狩猎，猛犸族也逐渐式微。由于基因层面的生殖隔离，他们无法和人类结合，留下自己的基因，注定会走向灭亡。

猛犸还将在世界上苟延残喘数千年，但最后一个猛犸人在这个黑夜降临前，带着无数世代祖先的遗传，整个种族百万年的秘密，死去了。最后一个非智人的人族世系也就从此灭绝。在人类数百万年的进化史中，曾经出现过许多种各不相同的人类，但最后都被无情的时间消灭。唯一留下来的胜利者，是猎取猛犸的智人。

一旁的小浆果仿佛也知道发生了可怕的事情，轻轻拱着身体渐渐冰冷的荻，不安地轻轻嘶叫，就像找不到母亲的孩子。

尾声

许多天后，小浆果驮着失魂落魄的阿骨回到了神山脚下。此时阿石战败身亡的消息已经传开，他建立的霸业也烟消云散，草原各部重新四分五裂，厮杀不已。阿骨带走了阿石的伴侣、儿女和其他几个云族的同胞，自己也成了云族的新族长，为了部族，阿骨不得不挑起了这副担子。

当初他们所养育的猛犸，一大半死在了林族人手上，剩下几头因为踩踏草原部众，重新被各族人视为野兽，陆续被捕杀。阿骨自顾不暇，救不了它们，唯一的安慰是，小浆果仍然顽强地活着，和云族生活在一起。或许是年龄已经过了，或许是内心受到创伤，它再也没有生育过，但猛犸大军的传说仍然在草原上流传，一代人的时间里，没有谁敢去招惹云族。

颇有一些部落想要学着饲养猛犸，但把一头猛犸从小养大的时间太久，何况猛犸人的驯术已经失传，猛犸不易控制，要宰杀也很危险，与其费心去养，不如直接去抓捕。驯化猛犸的实验终告失败。

反讽的是，鬼族人饲养的狼却并未死绝，其中一些亲近人的小狼被草原各部收养，很快便开枝散叶。它们的后代变得越来越驯服和忠诚，虽然这几代的狼看起来还是和野狼毫无区别，只会狼嚎，但不久的未来，它们的后代将学会汪汪的吠叫声，被称为“犬”或者“狗”，成为人类最忠实的友伴，陪伴人类度过此后的整个历史。

按照草原风俗，阿骨继承了阿石的女人，他抚养了阿石的子女长大，也有了自己的儿孙。许多许多年过去了，阿骨老了，卸下了族长的重任。每一年夏天，人们常常看到年迈的前族长和一头老猛犸在一条小溪边悠游。直到三十多年后的一个深秋，暴风雪忽然降临，阿骨没有及时回到营地，第二天人们在小溪边上找到了他和一动不动的猛犸，二者都已经冻僵了。他们并不知道这里是五十年前阿骨和荻的初遇之地，但按照阿骨生前的嘱托，他们将猛犸和他的尸身葬在溪边，发现下面还有一具有些不太一样的骸骨，人们才想起来，这是多年前的荻，那一年被猛犸驮回来，葬在这里。他们的故事被云族人津津乐道，编成史诗，甚至传了好几百年，但终究敌不过洪荒岁月的力量。五千年后，当冰期结束、温暖重临时，再也没有一个人记得云族，也忘记了还有过猛犸这种巨兽的存在。

无数世代过去了，人类脱胎换骨，一次次重生。阿骨的后裔在这寒暑无常的大陆上不断迁徙和融合，慢慢学会定居和农耕生活，成为许多东方民族的祖先。在孔子、李白和成吉思汗的体内都流着阿骨的血脉。不过阿骨也没什么太特别的，那个时代人类非常稀少，每一个部族是后世许多族群的祖先，每一个个体都潜在影响着世界未来千万人的命运。但这些历史之前的太古往事，早已被遗忘殆尽。

二十一世纪初，在山东聊城的一条商业街下出土了三具残缺的古化石，分别是猛犸、智人和一种更古老的人类种族。学者们猜不透他们的关联，争论了很多年，最后得出的结论是，相隔数千年的三个生物个体死亡后被冰川运动带到了一起，彼此之间毫无关系。

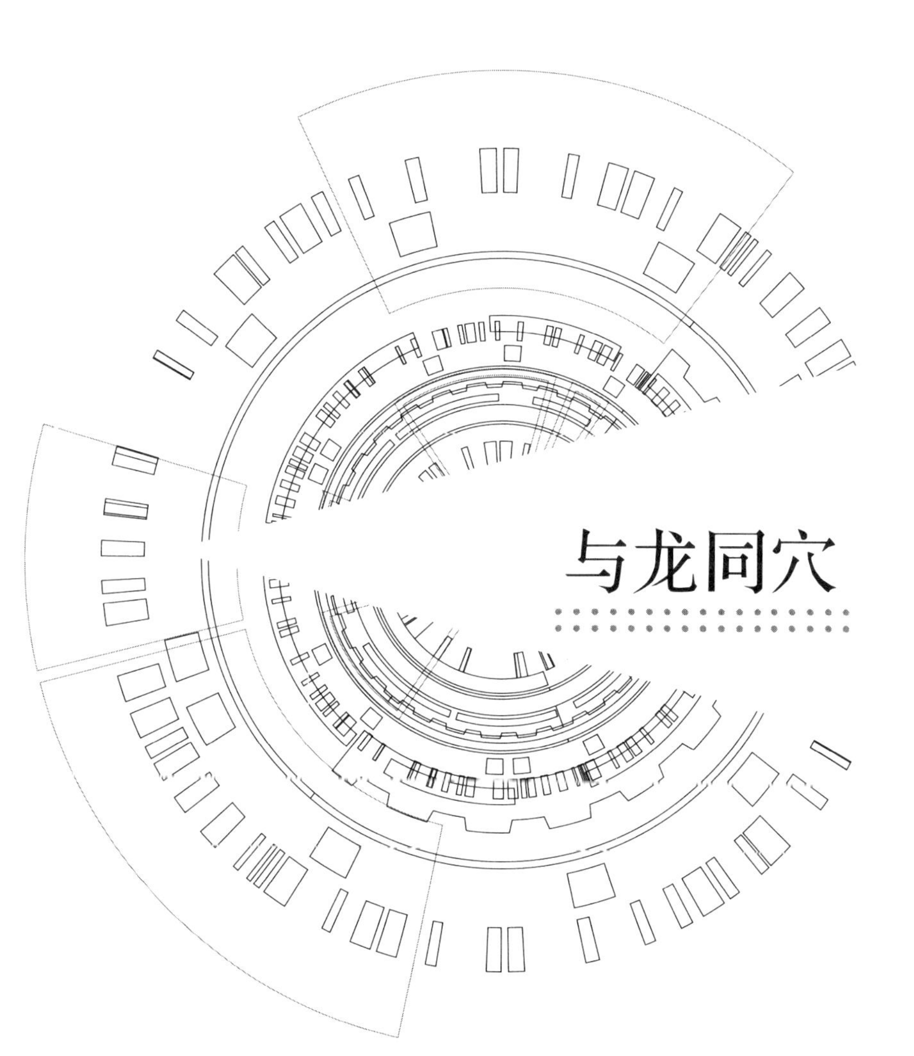

与龙同穴

一

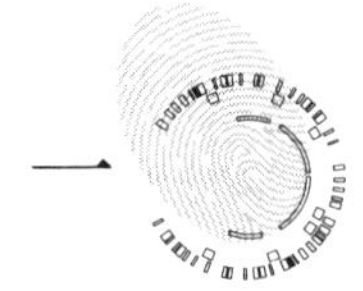

世界上最倒霉的事情是什么？

想象一下，你孤身一个人，远离所有的亲人、朋友、邻居、路人，事实上是远离全人类，困在一个伸手不见五指的黑暗洞穴里，洞口已被崩塌的石块堵死，凭你的力量根本不可能挪动。你又冷，又饿，又累，身上还有几道伤口在流血。

在外面，同样是伸手不见五指的黑暗，整个世界都变成了一个不见天日的洞穴，地球被数千米厚的尘埃云包裹住，摧毁一切的狂风吹过死寂的大地，巨大的雷霆声透过厚厚的岩石传进你耳中，也许几百千米内没有任何活物。

这是核战之后的世界吗？即便在那样的世界上，还有一些人躲在地下堡垒、深海潜艇或者太空站里。但你很清楚，在这个世界上只有你一个人在呼吸和思考，除了你之外，一个人也没有，也许连一只灵长目动物也没有。

当然，人类还有希望，遥远但是一定会出现的希望。六千多万年后，会有一些猿猴从树上下来，学会直立行走和打磨石斧，褪掉一身长毛，再过上一两百万年，占领整个星球，创造出文明、科学和该死的时间机器。总有那么一天，你知道的。

而现在，你单独一个人，又冷，又饿，又累，还带着伤，被困在白垩纪最后一天（或者新生代第一天？）一个被掩埋的洞穴里，怀念着六千五百万年后的太空咖啡、分子甜点和无上装机器女招待。

还有比这更倒霉的事情吗？

有。

想象一下，这时候，你听到了背后传来了让你毛骨悚然的——鼻息声。

二

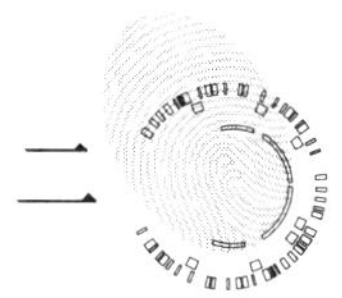

当然，当然，不管怎么说，对你来说，这肯定不会是世界上最糟糕的事情。因为真正被困在那个洞穴里的人，不是舒舒服服坐在椅子上看书的你，而是——我。

我纯属脑子被一万道宇宙射线穿过，才想到回白垩纪看什么恐龙。在这个时代要欣赏恐龙，有二十种以上可以乱真的VR电影和游戏可以选择。宏伟壮丽的《中生代漂流》，血腥刺激的《屠龙英雄传》，科学严谨的《巨龙家族》，应有尽有。完全没有必要花百倍以上的数字币，亲自回到六千五百万年前去闻那些大爬虫的臭屁。

但怎么说呢？那个新出来的“白垩纪文艺之旅”的广告真的很吸引人，那是在白垩纪的三维立体实拍，内容也不是身子笨重的蜥脚巨龙、张牙舞爪的霸王龙之类的俗套，而是在翠绿的山谷间，一个静谧的小湖边，周围开满了形态奇特的远古花卉，一群顶着漂亮头冠的禽龙在姿态娴雅地饮水；不远处，两头憨态可掬的小甲龙在打着滚嬉戏，几只宛如仙鹤的小翼龙拖着长尾，鸣叫着掠过湖面；两个身段窈窕、面容姣好的姑娘——人类姑娘哦——穿着轻柔的纱衣，骑着温顺的三角龙在湖边留下倩影……当然，姑娘不是重点，重点是在时光深处漫步的意境！如果能在这湖边拍张帅帅的三维立体照，发在“生活场”里，注明来自白垩纪，那该多有范儿！至少比烂大街的土星环观光游之类酷多了。

所以，在“生活场”里看到前女友和她的新男友在土星环下拥吻的立体照之后，我第一时间就预定了这个超文艺的白垩纪时间旅行团，并在2116年8月20日早上十点，从河南南阳的恐龙遗址公园准时被传到了时间的彼岸。

但穿过时空门之后，我的下巴惊掉了，半天没找到。

冷风刺骨，似乎正当冬日。那个风光绝美的小湖早就干了，只剩下一堆发臭的烂泥巴，周围也只有一些稀稀拉拉、半死不活的蕨类植物，绚丽的花卉无影无踪。暂时没有看到一只恐龙，当然也没什么身穿纱衣的姑娘。要是在这里自拍，你不说是白垩纪，别人还以为是荒废百年的日本福岛。

游客们不满地抱怨起来，导游忙解释说，由于时空传送的时间较久，传送又具有“量子不确定性”，上下误差能有几万年，未必能碰上最好的时节，当初的广告视频不是承诺，只供参考，这些合同上可都是写明的……

许多游客大怒，当场和她吵起来，要旅行社退钱。不过想想也知道，退钱肯定是没戏的，既来之，则安之吧。我不管他们，自顾自在附近逛了起来，说不定还能找到点儿有趣的东西。谁知刚走到湖对岸，就听到导游的声音通过在头顶巡逻的蜂机远远传来：“各位游客，请立刻返回时空门，请立刻返回时空门！”惊惶高亢的声波在山谷间反复回荡。

“出什么事了？”别的游客问。

“控制中心刚刚发现，我们登陆的时间坐标出现严重偏差，比原设定时间晚了135493年231天3小时25分钟17秒，正好遇到了K–T事件的发生！目前的情况极度危险！请大家立刻返回时空门，有序撤离！”

游客们都惊呼起来，纷纷往时空门的方向跑去，只有我莫名其妙，拉住一个往回飞奔的中年人问：“她说什么？‘凯替事件’？”

“你没看旅行手册吗？那次导致恐龙灭绝的事件！”那中年人说，见我还不明白，往天上比画了一下，“就是小行星撞地球！”说完甩开我跑了。

我看着一望无际的蓝天，心中纳闷，但还是跟着人群一起往时空门的方向跑去。一边跑一边问：“那颗小行星会撞到这里？”

“不是，”中年人回头说，“应该是墨西哥那块。”

“那不是在地球另一边吗？”

“你以为恐龙是怎么灭绝的？”中年人像看白痴一样瞪了我一眼，“很快整个地球都完蛋了！”

仿佛为了给他的话作证明似的，恰在这时，大地像跷跷板一样猛然抬起又落下，地震了！

我正在迈腿快跑，脚下不稳，一个狗啃屎摔倒在地，沿着斜坡滚下了干涸的湖底，沾了一身烂泥，等我忍痛爬起来时，大部分人已经逃进了几百米外的时空门，平平安安地回到了二十二世纪。导游守在门口冲着我和几个剩下的游客在叫着什么，在她身后，可以看到一道妖气腾腾的黑色云团从天边涌来，夹杂着恐怖的电光雷霆。

我使尽吃奶力气向她跑去，该死的地震还没有结束，大地像暴风雨中的甲板似的不住地摆动，两边的山体纷纷崩落，发出轰雷般的巨响。我只能像醉汉一样左摇右晃地艰难前进，心里许愿只要能活着回去，这辈子再不进行时空旅游，再给太阳系红十字会捐一万块数字币。

离时空门越来越近了，二百米，一百米，五十米……但此时，黑云已经笼罩了天地，像是宣告恐龙时代结束的大幕落下。清场的狂风已经吹来，带着呼啸的沙尘，简直要把大地刮掉一层皮，导游见我还差几步，高喊了一声：“快来！我在时空门那边等你！”便转身进去了。

这算什么等我！我肚里暗暗发誓，等回去一定好好投诉这个糊弄人的“文艺之旅”，又决定给红十字会增加一万块数字币的捐款。我竭力加快了脚步，但离门边还有几米远时，黑色的云团已经铺天盖地地袭来，将我吞没。

我本以为还能坚持走几步到门边，但只觉眼前一黑，就像狂风中的纸片，不由自主地飞起，不知飞得多高。眼前一片昏暗，身边是炽热的粉尘，那是半个地球之外高能撞击的产物，它们烧灼我的皮肤，涌进我的口鼻，再过几秒钟我就要被烤得外焦内嫩了……

被烤熟之前，死神终于改变了主意，把我随手抛在了什么地方，我不知滚了多少圈，但居然还没摔死。风稍微弱了一点儿，但空气仍然炎热得如要燃烧。我抬头张望，但此刻周围的能见度已经低得像深夜，什么也看不清。隐约看到前面似乎有一个山洞，我便连滚带爬地向山洞跑去。此时又是一阵地动山摇，身后石块坠落如雨，我只有拼命往里钻，不管这里是什么地方，哪怕多活一秒钟也好。

好不容易，地面停止了震动，上面也没有石头落下，我靠在洞壁边上，只觉浑身像被火烧，肺里痛痒难当，抚着胸口拼命咳了半天，把刚才吸进去的粉尘咳出来，又打开衣服的降温功能，以驱散周围的炎热，过了几分钟我才觉得好受了一些。当我伸手去摸刚才进来的洞口时，貌似那里已经被一块天降巨石给堵死了。

“真该死！”我在黑暗中连声咒骂，“好端端出来旅游，竟然碰到小行星撞地球！世界上还有比这更倒霉的事吗？！”

这并不是一个真正的问题，却被一个声音回答了。

“呼哧……呼哧……”

那是某种呼吸声，不算响，但绝不是幻听。同时，我才注意到周围有一股难以形容的腥膻气息，背后的联想让我顿时毛发直竖。

那是什么？到底是什么？

“嘎！”一声又像蛙叫、又像鸟叫的怪声在黑暗中响起，随即耳畔风生，某种东西在黑暗中扑了过来！

三

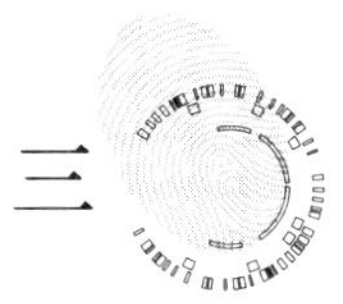

“妈呀！”我吓得魂飞魄散，大叫一声，转身就跑，却忘记了根本无路可逃，砰地正面撞上了岩石，顿时头破血流，伤上加伤。

我没有工夫叫疼，背后好像已经被什么锋利的东西扎到，我一低头，又向另一个方向逃去，身后的黑暗中，被某种看不见的怪物紧追不舍，听得到它沉重的脚步声。没跑几步又到了一个死角，我绝望地紧紧贴着石壁，感到腥臭的热风伴着湿气从黑暗中吹来，某种似乎是从喉咙深处发出的咆哮在洞中来回震荡，可以肯定，这声音的主人近在咫尺。

某种软趴趴、湿答答的东西已经碰到了我的后颈，我本能地闭上了眼睛，等待着被不知是什么样的怪兽吃掉，这时候，我的心率肯定已经超过了两百。短短二十多年的人生在眼前放起了电影：工作被炒，唯一一次恋爱被女朋友甩了，买智能机器人买到假货，大学作弊被抓，中学遭遇校园暴力，小学被逼着上各种苦不堪言的补习班……悲惨的一生啊，这么说来，死了也不算太可惜……

等到这幕电影放到我人生最早的一个记忆——四岁跟爸妈去太空

城被失重吓哭——之后，我才发觉了蹊跷，为什么我还能活着回忆完这一切？也许我已经在它的肚子里了？但是……至少我还能感到自己疯狂的心跳。

难道刚才的一切是幻觉？但并不是，咆哮和腥风仍然就在身后，那湿乎乎的东西还是不时地碰到我，那究竟是什么鬼东西？为什么它不干脆吃了我？

这时我才想起来，手上的智能表就有手电功能。我犹豫了一下：也许看得到那东西比看不到更可怕……

最后，我还是以最小幅度转过身，战战兢兢地打开了手电。一束光从我的手腕射向对面，山洞里亮堂起来。

我看到了一幅噩梦般的画面：距离我的脸只有零点几米的地方，是一张恐怖的血盆大口，上颌与下颌之间张开几乎有一百二十度，上上下下都长满了小刀般的獠牙，猩红的长舌头在牙齿间翻动着，向外伸出——这也是它刚才一直碰到我的部位。在巨嘴的下方，两只镰刀般的巨爪也在疯狂地挥舞着，堪堪从我身外几厘米处掠过，只要被碰到一下，就是被开膛破肚的结局。

突如其来的光线让那怪物吃了一惊，它发出愤怒的叫声，向后退了几步。这一下我能看清它的全貌了，那是一只四分像鳄鱼、三分像鸵鸟、三分像袋鼠的动物，它用粗大的后腿站立，浑身长满了难看的红黑色条纹，身上都是疙疙瘩瘩的皮肤。它的爪子很长，但脖颈更长，所以爪子够不到嘴。它的头骨高高隆起，头顶长着一排威风的蓝色羽毛，羽毛下方是一对很小的、鳄鱼般的眼睛，正放出狡诈的目光。

毫无疑问，这位黑暗杀手是一头恐龙。

我也看清了周围的环境。这不是什么深不可测的神秘溶洞，只是一个普通岩洞，长大概有七八米，宽大约三米，高也是三四米。山洞中有不少动物的骨骼和石块，还有一些树叶，但除了进来的入口，没有任何其他出路。

这是这头恐龙的巢穴吗？它在这里吃掉了多少动物？我恐惧地想，为什么它还不吃掉我？

但这头恐龙的确是不知为何没办法再接近我一步，只能在离我几厘米的地方进行徒劳的尝试。我小心翼翼地抬起手电，照向它身后，才发现答案：它身上和我一样，有好几处伤口，正在往下淌血，左腿上的伤口尤其触目惊心，一大片血肉都翻在外面，这家伙大概是刚才在周围觅食，在逃进山洞之前，也被末日的死亡风暴整得很惨。

但主要阻碍它行动的，是洞壁上出现的一道横向裂缝，这大概也是地震造成的，天知道它的尾巴末端是如何被正好地被夹在裂缝中，被半座大山压着，无法摆脱，这家伙的尾巴已经绷得笔直，却还是差个零点零几米，无法够到我。

我的心脏仍然在胸膛里打鼓，喘息不已，但大脑恢复了一点儿思考能力。不管怎么说，看来我暂时不会死。我端详着山洞的大小和角度，靠在石壁上挪动着，尽量找了一个离它最远的位置，但顶多也就能拉开一两米。恐龙见我越移越远，最后做了一次攻击的尝试，但尾巴上的疼痛让它号叫了一声，不得不缩了回去。它的眼珠转了转，大概也知道无望再碰到我，又退了一步，慢慢卧倒在地上，粗重地喘息着。

我端详着眼前的恐龙，估算着它的实力。它的身高和我几乎一样，也就是一米八左右，整个身体有三四米长，看起来体型很是壮硕，体重应当有三百到五百千克，当然不可能和霸王龙、棘龙之类的大家伙比，在恐龙电影和游戏里，这种小恐龙就和侏儒差不多，最小功率的激光枪都可以轻松干掉一群。但当它真正站在你面前一两米外，中间没有任何阻挡的时候，就完全不是那么回事了。

我又打开手电筒确认了一下，洞穴入口的确已经被一块哪怕霸王龙也挪不动的巨石堵死了，我暂时无法脱身，只能坐在一块大石头上，打开背包，摸索着可能用来对付这头恶龙的武器。

每个参加史前旅行的游客都会担心碰到凶猛的食肉动物。但时间旅行管理法规不允许我们携带任何武器，担心如果随意杀死一头史前巨龙也许会改变历史。再说，动物保护组织也会提出抗议，怕会造成很多麻烦。当然，对这种事时间旅行社不会毫无防备。为了保护我们，时间旅行社也派遣了若干带有麻醉枪和其他武器的智能蜂机在我们头顶巡航。当遇到有危险的猛兽时，可以将它们麻醉和赶走。可现在，那些蜂机不是坠毁，就是被超级风暴吹到地球另一边去了，只剩下手无寸铁的我。

我在背包里摸了半天，东西很多：自动牙签、折叠激光笔、音乐光屏T恤、眼镜式VR游戏机、变形交感体验服——换句话说，什么有用的东西也没有。

那恐龙还在盯着我，和它对视让我越发感到毛骨悚然。我想了想，把手电的亮度调低了，智能表依赖太阳能，平时虽不用充电，现在可未必能用多久。

知己知彼，百战不殆。先清楚这究竟是头什么龙？我搜索着自己那不多的恐龙知识，很多还是旅游前恶补的。它的身形有点像伶盗龙，看爪子像恐爪龙，头颅很大，又像是厚头龙……先别管它是什么龙吧，重点是植食性的还是肉食性的？看这满口的獠牙，答案应该很明显……

我想到一个办法，让智能表的镜头对准了恐龙，放出一道绿光，在恐龙身上进行扫描，恐龙一惊，向后缩去。但瞬息间，通过几道射线，我已经获得了它从皮肤到骨头的整个模型和海量数据，通过内置的数据库进行匹配，很容易判明到底是什么物种。过了片刻，智能表盘就在我眼前投射出了一排排的文字资料：

物种分析结果：

真核生物域

动物界

脊索动物门

脊椎动物亚门

四足形类

蜥形纲

双孔亚纲

主龙次亚纲

鸟臀目

兽脚亚目

伤齿龙科

蜥鸟龙属

很抱歉，无法确定具体物种。

看到最后一行，我气得咯血三升：说了半天全是废话，连什么物种都搞不清楚，有什么用？

不过，随后浮现的一行字又让我转忧为喜：

扫描发现，该生物受到严重创伤，背部大面积烧伤，左腿正在失血，第六尾椎骨断裂，健康水平C-，需立即救治。如有需要请联系动物福利中心，联系方式……

救什么啊，它死得越快越好！

四

就这样，我坐在山洞角落里的一块平整石头上，盯着那头什么蜥鸟龙，等着它一命呜呼。这当口地球上的恐龙九成九都“转世投胎”去了，你还赖在这世界上干什么呢，早死早超生嘛！应和着我的祝福，它躺倒在地上，身上的伤口汩汩流血，不时动一下爪子，发出“咕咕”的呻吟声，看上去每一秒钟都比之前更加衰弱。

我又瞄了一眼表上的时间显示，上午十点四十七分。当然是2116年的时间。我们在十点整穿过时空门，从我到达白垩纪到现在，发生了那么多事，居然只过了四十七分钟。

而我清楚，时空门还在外面开启着，将持续整整十二个小时，也是我们此次白垩纪之旅的时长，这是事先设置好的。纵然是毁天灭地的灾难也不可能摧毁时空门，因为它并非由实体物质构成，只是时空扭曲造成的一个孔洞，看上去就是一个直径两米的光环，里面看起来是一个光旋涡，幻化出缤纷的颜色。

我回忆着时间旅行的基本知识：从2116年那边来说，时空门只会出现几秒钟，不论你在白垩纪待多久，都是瞬间返回，返回后，时空门也就关闭了。这也就意味着，未来没有可能派人来救我。就算再派人来，因为时间旅行本身的“量子不确定性”，不可能同时准确定位时间和空间。如果要精确回到这个时间点，也许你会出现在地心或者外太空；如果要精确回到这个位置，往往不是跳到几千年前就是几万年后（这次事故也是因此而发生），找到我的机会微乎其微。我知道的几次时间旅行失联事件，都是给家属一笔抚恤金了事，没人会去找那些倒霉蛋。

所以，唯一的生机是我能在十二小时，不，十一小时又十三分钟里，爬进那道迷人的光门。但现在的问题是，我怎么能离开这个地方？

管不了那么多了，先等眼前的恐龙死了再说，我想。

煎熬中，又是半个小时过去了，蜥鸟龙渐渐停止了身体动作，眼睛也逐渐闭上了。死了？我侧耳聆听，但仍然听到细微的呼吸声。它的肚皮也在微微起伏中，看来只是昏过去了。我微感失望，但告诉自己，耐心，再耐心等一会儿。

我又等了大半个小时，已经过了十二点，恐龙的呼吸仍然存在，而且渐渐趋向平稳匀长。我又打量了一下它腿上的伤口，发现居然已经凝固了，没再流血。它死不了，至少一时半会儿死不了。

现在该怎么办？

我一咬牙，决定亲自动手，但身上没有任何武器，只有一个背包，总不能拿包去砸它吧？

等等，砸？我的视线落在身边，心中一亮，暗骂自己不开窍，怎么没有武器，这地上可有的是！

我捡了一块拳头大的石头，又放下了，这玩意儿还不够给恐龙挠痒的。又抬起一块足球大小的，足有十多千克，但还是觉得不够分量。左顾右盼，再没有合适的石块，找了半天，焦急中摸到屁股下的石板，心下一动：这块石头差不多有两个枕头那么大，可以把整个恐龙脑袋都压在底下，这回不信你不死？

我弯下腰，吃力地将这块大石头抬了起来，感觉它至少有四五十千克重，绝对没有远程抛过去的可能，只有自己走过去砸。我双手抱着石头，吃力地挪动脚步，虽然只有不到两米远，但每步都步履艰难，身上的伤口仿佛又都裂开了……再坚持一下！我只有想象着自己在抱前女友……只是重了一点……一步，又一步……

终于到了恐龙面前，它仍然紧闭着双眼，对自己即将面临的死刑浑然不觉。去死吧！我用力想将大石块举起来——怎么举不起来——再用点儿力——用力——

砰的一声巨响，石头落在了地上。

“啊！”

“嘎！”

发出“啊！”的是我，那块大石没拿住掉了下来，悲惨地砸中我的右脚尖……也不知骨头断了没有。

发出“嘎！”的是那头蜥鸟龙，它被我惊醒了，看到敌人在眼前鬼鬼祟祟的，发出一声怒鸣，猛然跳了起来，冲着我就咬！

我把伤脚从石头下挣出来，连滚带爬地鼠窜到刚才的安全角落里。惊魂初定，回头一看，却发现蜥鸟龙一个猛跃，竟生龙活虎地跳到了我的面前。这不可能！它的尾巴明明——

我的目光扫过它身后，那半根尾巴的确还压在裂缝里。

但是已经……脱离了身体。

五

失去尾巴，但获得自由的恐龙兄不顾后面疼痛，毫不犹豫地咬向我。我仓促间低头避过，撒腿又往它身后跑去。它的尖爪从我耳边划过，我侥幸脱身，可没几步便到了山洞尽头。蜥鸟龙也转身冲了过来。

不可能再逃了。我心一横，像大猩猩一样，用手捶打着胸口，歇斯底里地大叫起来:“哇啦哇啦，稀里哗啦，你的死啦死啦的干活……”

蜥鸟龙果然被我唬住，暂时停住了脚步，歪着头看着我。

我其实已经吓得魂不守舍，但形势紧张，再无退路，只有一个劲地蹦跳叫嚷，巴望把它吓得缩回去。但蜥鸟龙并没有被吓退的迹象，只是换了个角度，饶有兴味地继续看着我的“表演”，就像在看猴戏一样……该死！咱俩究竟谁是动物啊？

“咿——呀——”

为了维护人类的尊严，我没有继续学猩猩的动作，而是一声长啸，打了一套太极拳，指望用东方功夫把它镇住。“揽雀尾”“白鹤亮翅”等玄妙招式一招招使出来，可身子越来越吃不消，特别是被砸中的右脚火辣辣地疼，感觉脚掌都快断掉，却还不得不继续下去。这时候，发生了一件更悲剧的事，我刚使到“左蹬脚”，受伤之余，重心不稳，一个趔趄，竟仰天而倒。

我一时爬不起来，蜥鸟龙见我这套“黔之驴”的开胃表演结束，也向前走来，打算正式享用哺乳类大餐。眼看它举起利爪，就要行凶。我情急之下，掏出折叠激光笔，一束白灼的激光激射而出，正中它的左眼！

可惜，这不是那种能熔化金属、刺穿飞船的激光，只是用来进行指示的光束，功率非常之低，最多是在皮肤上引起一点灼热感。但强光恰好对准了恐龙的眼睛，让它眼睛一痛，惊恐中发出“呱”的一声大叫，扭头逃窜。我趁机爬了起来，继续呼喝着，连连晃动手上的光束，就像挥舞光剑的杰迪武士一般。蜥鸟龙恐惧不已，口中发出“呜呜”的声音，垂下断了半截的尾巴，一步步退后。

我又一次死里逃生。不管怎么说，这多进化了六千五百万年的脑瓜还是蛮管用的，我颇感欣慰。

但现在又能怎么样?

只能等死——不是它死，就是我死。

山洞里暂时又恢复了平静，蜥鸟龙被激光笔吓住，不敢再进犯，乖乖地趴在另一边，我当然也不敢再招惹它，只希望它尾巴上的伤口再大一点，让这家伙的血早点流光。

但蜥鸟龙开始像小狗一样舔舐自己的伤口，似乎还颇有效果，血又渐渐止住了。我又开始感到焦急，激光笔的电不久就会用完，到时候还有什么能制住它？

正在着急，另外有什么动物“咕咕”地叫了起来，声音居然就来自我身边。我吓了一跳，手忙脚乱地找了半天，才发现发出叫声的“怪兽”是——我的肚子。

我稍微松了口气，再看看时间，僵持了这么久，已经是下午一点，从出发到现在什么也没吃，也难怪腹饥难忍。这么一想，更觉得手足无力，饿过头了。先吃点东西再对付那饿肚子的恐龙，不是会更有一点儿优势吗？即便要死，做个饱死鬼也好过当饿死鬼。

我盯着恐龙看了几眼，见它仍然在专心地舔舐着自己的伤口，并没有太注意我这边，才略感放心。我从背包中拿出了一袋真空包装的压缩食品。这东西本来不是常规的午餐。午餐由时间旅行社负责，包括烤肉、炸鸡、蘑菇沙拉和薯条，我们本来会在湖边野餐，还有歌舞表演……现在这些都别想了，这袋食品属于野外求生套装，时间旅行社在每个人的背包里都放了一份以防万一。据说是高度压缩的能量食品，吃几口就可以抵上一顿饭。不过这东西我从来没尝过。

我把真空包装打开，里面的食品迅速膨胀变大，是一种白色的固体，手感像橡皮，但还要厚实很多。我抱着吃橡胶的心态咬了一小口，发现虽然难嚼，味道还颇为鲜美，是一种人造肉类。我吃了两口，慢慢感到自己的胃部被某种温暖的东西充实起来。

我吃了大概有十分之一就饱了，正要将剩下的压缩食品放好，却发现蜥鸟龙昂起头，一对小小的眼睛死死盯着我，鼻子抽动着，腥臭的涎液不住从獠牙间流下来。我想起一件事，闻了闻手上的食物，的确散发着一股淡淡的肉香，这东西不可能瞒过肉食动物的鼻子。蜥鸟龙应该也饥肠辘辘了，怎么经得起食物的诱惑？果然，它慢慢站起来，又一步步试探性地走过来。

我威吓地喊了两声，祭出法宝激光，把它吓退了几步。但毕竟食物的诱惑太大，这回恐吓战术也不灵光了。它稍等片刻又向我靠近，从喉咙里发出古怪的威胁声。我更加频繁地扫动激光，结果事与愿违。一开始恐龙还怕它三分，后来发现只要不碰到眼睛，就算落到身上也没什么大不了，甚至连躲都不躲了……

激光没用了，这也就意味着，蜥鸟龙有恃无恐。眼看它越走越近，随时会发起进攻，怎么办？

只有一个法子。虽然我不想用，但是……没办法了。

我深吸一口气，将手伸进背包，拿出了最后的秘密武器。暗自叹了口气，将它打开，像扔手雷一样抛向那正在逼近的恶龙。它似乎也感到了不对，高高跃起——将剩下的一大块人造肉叼在口中，一仰头，吞了下去。

六

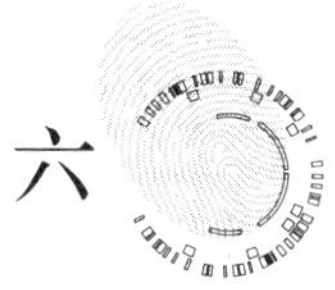

我放弃了可以吃三天的食物，总算换取了恶龙一时的平静。

它又回到自己的角落里，卧在地上，静静地消化着从未享受过的美餐。人类可以支撑三天的食品，对它来说也许只够吃一顿半顿。我只希望食物能够在它胃里待得时间久一点，让我在被它吃掉之前想出脱身之计来。

时间一分一秒地过去，大约半小时后，我感到身上发生了一些奇怪的变化。除了肚子饱了之外，伤口也不疼了，似乎开始愈合了。头脑变得敏捷，身上的力量也在增长，甚至有一种神清气爽的感觉……

我想到了什么，找出刚才那包压缩食品的包装袋来一看，果然在成分里有“生命急救素（0.25%）”的字样。这生命急救素与时间机器并列为二十二世纪以来最重要的发明。它不是一般的化学或生物制剂，而是一种微小的智能纳米机器，能够修补伤口，杀灭细菌病毒，代替红细胞增加血液运氧能力，中和体液中的钠离子以取代对水分的需求，以及根据人体的实际状况进行其他调整。在野外应急的压缩食品中含有这种成分倒也不奇，还正好能帮助我应对紧急状况，真是天助我也！不过唯一的问题是……它只能帮助人吗？

我望向对面的蜥鸟龙，巴望为人体研制的生命急救素不适用于它，最好和它免疫系统发生冲突，让它赶紧给我死翘翘！可现实又一次让我失望了。蜥鸟龙的伤口也有明显愈合的迹象，它站了起来，甩了甩头，挥舞了一下前肢，精神抖擞。更糟糕的是，它还在盯着我，歪着脑袋，小眼珠不住转动，一副好奇的样子。它暂时还没有进一步行动，但是估计也快了。

没错，生命急救素让我的身体恢复到良好的健康水平，我还练过两年中国古拳法，但面对同样恢复了健康活力的、体重至少三百千克的恐龙，这些连让我多活一秒钟都难。要和眼前的上古巨兽周旋，还得靠我那多进化了六千五百万年的大脑。

要说我这脑子还真灵光，左顾右盼中无意间抬头向上看去，竟然发现了一个逃生的办法。我头顶三米处有一块明显凸出的岩石可以容身，而下面有一些石缝和岩面不平处可以搁脚，应该是能够爬上去的。但那家伙会不会也爬上去？我又看了对面的恐龙一眼，从它的体形断定没有这种可能。

只要爬到上头就安全了！我想，眼看蜥鸟龙也越来越躁动，我不敢耽搁，转身就往上爬去，但山岩光滑，第一脚就差点儿滑脱。该死！我身为猿猴的后裔，不能连看家本事都丢掉了！我手脚并用，总算爬上去了一步，下一脚再踩在另一边的石缝里，再上一步……

我吃力地往上攀爬了几步，爬到一多半时，回头往下看去，又吓得魂飞天外。蜥鸟龙已经悄没声息地走到了我刚才呆的所在，就在我的正下方，仰着头好奇地看着我。鼻尖距离我的脚跟好像只有几厘米，只要稍微跳起来一点，就可以咬住我的脚，把我拽进地狱。我急忙拼命往上攀去，祈求能及时逃出这恶魔的死亡之吻。总算又往上爬了好几步，还有一米，半米，几分米……

我终于抓住了那救命稻草的石头外沿，但把脑袋伸上去，看清楚上面的结构时，又叫得一声苦，不知高低。原来在下面看不真切，其实那凸出的大石上方并不是一个平坦的台面，而一大半是坡状的斜面，斜斜地没入山体，人根本没法待在上头。看起来只有先下去了……等等，下面有什么来着？

我终于意识到了自己的悲惨处境：我是上也上不去，下也下不来了。

七

五分钟过去了。

这五分钟对我相当于五十分钟，可以搁脚的地方非常狭小，我几乎只是用右脚的脚尖支撑身体，比芭蕾舞演员还要辛苦。但这是目前唯一能避开下面恐龙尖牙利爪的地方。可这样显然支撑不了多久，我到底该怎么办？！

雪上加霜的是，该死的蜥鸟龙跑到我这里来原来不光是想看我在干什么，它还有更迫切的生理需求。它蹲了下来，在我刚才待的地方拉了一大泡屎。我就在这堆粪便的正上方，差点被臭气熏晕过去。这可恶的家伙，难道想把我熏下来吗！

就算熏不下来也待不了多久了，我想，目前的法子只能是再吓唬那死恐龙一下，把它吓跑，最好吓死。可怎么吓它呢？激光那套已经不灵了，还有什么比这更令它害怕的？还有什么？

我脑子疯狂地转了起来，倒还真让我想出了一个好办法。

我在智能表上按了几下，调出了一个视频，用三维外放模式投射到了洞穴中央，顿时出现了一群昂首阔步行走的巨龙。

这是一段科普视频，是前几天旅行社发送给我们的材料，内容低幼，是给小孩子看的，我只看了半分钟就关掉了。不过幸好没删，还存在数据库里，此刻正好可以调出来。

“在中生代的古老地球上，”一个浑厚苍凉的画外男低音响起了，这声音是电脑合成的，模仿一百年前一个叫赵什么的播音员，很有感染力，“生活着一群被称为‘龙’的神秘生物。它们是地球上所孕育的最庞大的陆地动物，曾统治这个世界一亿五千万年之久，在漫长的史前岁月里，演绎出一幕幕气壮山河的生命史诗……”

随着他的讲述，梁龙、腕龙、剑龙、三角龙、霸王龙等各式各样代表性的恐龙种群出现在洞穴中央。或走或卧，或捕猎或打斗，视频里没有出现蜥鸟龙这种小角色，但是身下的蜥鸟龙已经被吸引了全部的注意力，转过身好奇地看着这些远房兄弟，其中不少在几千万年前就灭绝了。

一群鸭嘴龙出现了，脚下的蜥鸟龙变得更加兴奋，甚至围着它们转起了圈子，一副跃跃欲试的样子，我估计鸭嘴龙是它的主要食物。我稍微调整了一下画面，让鸭嘴龙的影像投射到对面的石壁里，而且渐渐变小，仿佛正在走远。蜥鸟龙果然上当，跟着冲了过去，脑袋一头撞在了石头上，摔倒在地。可惜并无大碍，随即又爬了起来。

此时，男低音又响起了："……六千五百万年前，一颗小行星终结了恐龙王朝，给地球的生物圈带来了一场灭顶之灾……"画面上，显示出大山一样的小行星穿越无边太空，飞向地球，冲进大气层，正是几小时前所发生的事。它以每秒几千米的高速撞击地球，一个直径几十千米的大坑出现在日后墨西哥湾的位置，海啸席卷了整个墨西哥，数万亿亿吨岩石碎裂开来，飞向空中，越过几百千米的距离，又变成火球坠下。整个地球颤抖着，被迅速扩散的黑色云团所吞没……

各个大陆上，一群群恐龙悲嘶着狼奔豕突。被地震摔倒，被岩石砸中，被大火烧成焦炭，在灰尘中窒息……蜥鸟龙刚才还在兴奋中，一下子被画风的突然转变吓得失魂落魄。视频中的合成画面对它来说完全是真实的。它大声怪叫起来，疯狂地上蹿下跳，想找到隐蔽地点，但它已经分不清视频和真实世界了。在光与影的变幻中，这可怜的蠢货一遍遍撞在石头上又摔倒，身上血花飞溅，就像一只想飞出玻璃瓶的苍蝇，非把自己撞死为止。我看着竟有点不忍心，但问题是，你不死我就得死啊！

眼看这招就要奏效，但忽然间，山洞又开始了剧烈地颤抖，见鬼，怎么偏偏这时候发生余震？

"啊呀！"

我本来已经是强弩之末，很勉强才能站住，此时更支撑不住，从落脚的石头上跌了下来，悲惨地摔在那一泡龙便上……

但此时我也顾不得污秽恶臭，地震还没有结束，坚实的山脉就像是积木搭成的，疯狂摇撼着。上头不时有石头碎屑坠下，堵在洞口的石块似乎在移动崩塌。整个山洞随时都可能化为乌有，我看到蜥鸟龙用一个奇怪的姿势缩成一团，把脑袋弯到了两腿之间，但已无暇管它了。我自己也只能捂着脑袋，龟缩在山洞的一角。心里忽然想到，如果我们俩被压扁后，骨头叠在一起，几千万年后变成化石出土，会被当成什么物种？

好在这次余震很快就结束了。我居然没受什么伤，抬头一看，惊魂甫定的蜥鸟龙伸出头，和我对视，似乎也没出什么大事。再次死里逃生的喜悦从心底升起，我情不自禁地冲它笑了笑，感谢上苍又给了我们一次生命的机会……呃，好像哪里不对……

果然蜥鸟龙又站了起来，一步步朝我走来。我忙吩咐智能表继续放刚才的视频，但它压根儿不回答我，大概是被蜥鸟龙的粪水泡坏了……这次真的要被吃掉了吗……

我再次绝望地闭上了眼睛。

八

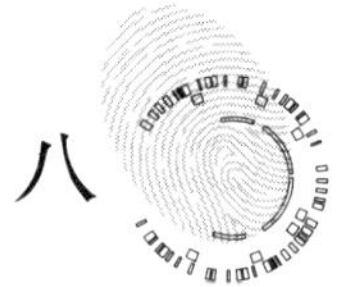

不知怎么，我也没一开始那么惊恐了。在凶残的恶龙面前，手无寸铁的我坚持了好几个小时，可毕竟人力难以胜天。那就这样吧，我想，不要再做无谓的挣扎，死得有尊严一点。反正就算没被它吃，我也逃不出去，也许只能死得更悲惨……

能感到蜥鸟龙已经站在了我跟前，但一直不见动作。我忍不住又睁开了眼睛，蜥鸟龙的确离我很近，但大概是我身上沾了它的粪便，它嗅了几下，似乎也感到恶心，不知如何下嘴，只是围着我打转。

同时，我也发现了一点儿不对：它头上那一圈浓密的蓝色羽毛全都消失了。

这家伙刚才乱窜中撞了好几次石壁，掉几根羽毛自然不稀奇，但不至于一下子都掉光了吧？掉到哪里了？我环顾四周，才发现答案就在眼前。

但这个答案……不可思议。

一个似乎是木头打磨的弯曲物体上插着很多根羽毛，就掉在我的脚下。看起来类似一个发箍或者一顶帽子，木头上还隐隐可以看到一些雕刻的粗糙花纹。

这是……一个人造物？

可这是人类诞生前六千多万年。

难道这东西是某个穿越者留下的？还是——

我惊骇地忘记了一切，只是僵在那里。就在这时候，恐龙又做了一个奇怪的动作。它的左上肢不知怎么动了几下，爪子就当啷一声，掉在了地下。

我更惊得头脑一片空白。向那爪子看去，原来是某种类似手套的东西，上面的利爪连着下面的某种皮革，我还没看清楚是什么，另一只“爪子”也掉了下来。

我看到了这只蜥鸟龙真正的前爪，三根指头细长而灵活，明显可以干别的很多事情，比如制造和使用工具，而那只金刚狼式的“长爪”，只是佩戴在手上的工具；我还看清了，它身上的红色条纹，有一些花里胡哨的线条，不太像是自然生成的，仔细看来似乎是用什么颜料画上去的装饰；就恐龙来讲，它的脑袋有点太大了，头骨高高隆起，显示出后面有一个容量可观的大脑，它的目光看上去就像会说话一样——

难道这头恐龙——

有智能？！

我目光又扫向四周，发现了更多之前没有注意到的细节：洞里的石块和骨头形状各异，有的明显是打磨过的工具，几个头骨放得颇为整齐，像是装饰品，角落里的树叶精心铺成床铺的形状……毫无疑问，这种恐龙确实是智慧生物。

我感到一阵天旋地转，原来自己一直自命的智力优势只不过是可笑的幻觉，不由自主地双膝一软，几乎要跪倒在地，求这恐怖的旧日支配者饶命，但刚要跪下，蜥鸟龙已经反过来冲着我举起前肢，慢慢趴在地上，低垂头部，把屁股和尾巴翘得老高，口中发出某种低沉的声音。

这难道是吃掉猎物前的某种仪式？不，不像，这样毫不设防，对方明显可以攻击它最脆弱的地方，没有比这更傻的做法了。除非……除非它是在……

求饶？

不会吧，我不敢相信，明明是我被它逼得无路可逃，束手待毙，它如果是智慧生物，会不知道？

但是且慢，如果从蜥鸟龙的角度看呢？突如其来的恐怖风暴席卷天空，然后出现了一个怪物，像是来自地狱的小恶魔。最初，自己受惊之下，当然想立刻干掉对方。但对方的手上会发出可怕的强光，然后用食物喂饱自己，治好了自己的伤口，还让自己看到他降下天火，毁灭无数巨龙的异能……

没错，任何会思考的生物都会得出一个结论：对方是天神下凡，必须立刻表示顺服，否则只有死路一条……真是聪明反被聪明误呀。

蜥鸟龙顺服地伏在面前，我的大脑飞速转动着，思考着眼前的局面。从来没听说有任何古生物学家发现白垩纪的恐龙进化成了智慧生物，但摆在面前的事实无法否定，看来是蜥鸟龙的一支在白垩纪最末期的几万年里产生突变，智力突飞猛进，达到了原始人的水平，已经能够制造简单的工具和装饰品，可是在它们能发展出更高级的文明之前，那颗小行星毁灭了一切……好险，差点儿这个星球就没人类什么事了。

在人类之前六千多万年里，地球上已经诞生了其他智慧生命，这是何等重大的发现！我激动地想，全世界所有的媒体都会争相报道，我的名字会和第一个发现恐龙的人一样家喻户晓！等等，第一个发现恐龙的人是谁来着……不管了，反正我的名字会家喻户晓！

我不由兴奋地手舞足蹈起来，但一时过于兴奋，刚刚受伤的脚趾又踢到了石头上，一阵剧痛把我带回了现实：要是不能离开这鬼地方，就算发现人是恐龙进化来的也没用。

既然蜥鸟龙暂时不敢再攻击我，我总算可以把注意力转移到离开这里的问题上。我关闭了视频，调亮了手电光，再次照向出口处，却意外地发现刚才的余震后，原来那块山一样的巨石翻倒了，但是出口处还是被一堆新坠落的石块所堵死，绝大部分我根本不可能搬动。

等等，虽然我搬不动，但是……

我望向乖乖伏在地上的蜥鸟龙，嘴角慢慢露出一丝微笑。

九

咱们工人有力量，

嘿！咱们工人有力量！

每天每日工作忙，

嘿！每天每日工作忙，

盖成了高楼大厦，

修起了铁路煤矿，

改造得世界变呀么变了样！

……

伴着慷慨激昂的老歌，蜥鸟龙忙忙碌碌地清理着出口外的石块，用有力的前肢把一块块石头搬起来，从洞口运到洞穴深处放置。

刚才我稍做了几个动作示意，它就明白了，毕竟进化出了智商，它也知道如果不能出去，只有困死在这里，赶紧行动了起来。

我则趁机把被它弄脏的衣服脱下，换上了光屏T恤，这东西不但可以显示动画，还自带音乐，我便放音乐给它助威。倒不是我不想帮忙，有些小石头还是可以搬动的，但是如果暴露出自己本质上只是一只身体孱弱的小动物，连大点的石头都抬不起来，蜥鸟龙又不是傻的，说不定就看出猫腻，还是小心点好。

不过这二十世纪的歌声还是蛮有效的，恐龙兄一开始有点儿害怕，但音乐不愧是全宇宙通用的语言，它很快扭起了屁股，喉咙里发出“咯哒咯哒咯咯哒”的声音，好像是打拍子应和，看起来很兴奋。大概它现在认为这场浩劫不过是神灵的考验，自己一定能离开这里吧。

但渐渐地，洞穴后部堆满了石头，外头还是没半点儿打通的迹象，好不容易搬开一块，上头的其他石头又压了下来，我的心也渐渐沉了下去，也许半座山都塌下来了，那根本就没有清空石头的可能。

但我深深吸了口气，感觉和外头的空气还是连通的，那么洞口的石头也许不会太多？否则空气也不会流动，不管怎么说，死马当活马医吧……

一个小时，又一个小时过去了，转眼间已经是（2116年时间）下午六点多，距离时空门关闭，已不到四个小时。半个山洞里都堆满了石头，但洞口的石堆毫无减小的迹象。光屏T恤的电量也耗得差不多了，我只有把音乐声关了，蜥鸟龙耗尽了力气，也蔫了下来，动作越来越迟缓。终于，把一块大石放下后，它无力地坐倒在地下，喘着粗气，望着我，眼神中都是焦躁和怀疑。

它不会又凶性大发吧？我惴惴地想。当它发现我其实什么都干不了，也没法帮它脱困的时候，我的生命也就倒计时了。

“orororrrrrr……”蜥鸟龙盯着我，忽然甩动着脑袋，发出一种难以形容的声音，像是祈求，又像是啜泣。我不知道该如何应对，蜥鸟龙又站起身，朝我走来。

“你、你干什么？冷静，兄弟，冷静，咱有话好好说……”我结结巴巴地说道，都不知道自己在说什么。

但这次，蜥鸟龙并没有攻击我的意思，而是从我身边走过，走到我身后的岩壁处，伸出一只爪子，指着它呜呜地叫了起来。

这是玩儿哪一出？我顺着它的目光看去，不由大吃一惊。

在几块岩石的表面，刻画着很多图案，大部分只是石头表面上一些简单的线条，一些涂有颜料的也十分黯淡，不仔细看根本看不出来，以至于我在这里好几个小时都没注意到。但细细看来，这些原始图画其实十分生动活泼。寥寥几笔，就勾勒出巨龙漫步，翼龙高飞，还有鸟类和哺乳动物穿插其间。最多的当然是这种智慧蜥鸟龙，有的画面中，七八头蜥鸟龙在一起捕猎一头泰坦巨龙，一头勇敢的蜥鸟龙正在高高跃起，跳上巨龙的背脊；有的画面中，它们在围猎一群禽龙，手中拿着某种标枪状的武器，有几根已经刺进了禽龙的背上；有的画里，它们手执武器，手舞足蹈，不知在打仗还是跳舞；有的画里，一只蜥鸟龙身边围着很多蛋，几只小龙正在从蛋壳中爬出，显然是母亲和她的孩子……还有很多我不明其意的图案。天，这简直就是一幅白垩纪的《清明上河图》！

而面前的这头蜥鸟龙，望着这些岩画，哀伤地叫着，甚至把脑袋放在石面上摩挲着。显然，岩画里的那些蜥鸟龙和它关系密切。可能是它的祖先、族人，画中甚至可能有它和它的亲人的存在……

如今它们安在哉?

不用问了。也许它目睹了亲人的惨死，也许它是这场浩劫中还活着的最后一只智慧蜥鸟龙。

泪水渐渐湿润了我的眼眶，对我来说，最多是我个人死在这里，但我的人类同胞还有百亿之众，在六千五百万年后享受着文明开化的生活，甚至飞向宇宙深处；但并不比我们愚钝，甚至可能智力更高的一个古老种族，没有任何过错，却因为天体间的引力游戏，而注定被来自外太空的灾星彻底灭绝……

蜥鸟龙蹲在我身边，可怜巴巴地望着我，我不知不觉地把手放在了它的头顶，轻轻摸了它一下。等反应过来，我自己也被自己的动作吓了一跳，忙缩回了手。但它却靠了过来，用身体蹭了蹭我。它的身子十分暖和，并没有所谓冷血动物的感觉。

“兄弟，这不是世界末日，”我无力地试图安慰它，“一切都会好起来的。天上的黑云终会散去，大地会重新郁郁葱葱，鸟儿会飞翔在天空上，各种野兽会重新繁衍生息，这个世界会迎来新的盛世，你们……呃，你们会在遥远的未来被重新记起，被后来者永远怀念。我们还会发明神奇的机器，跨过亿万年时光来拜访你们……”

蜥鸟龙继续“呜呜”了几声，也不知听懂没有。但不管怎么说，它似乎感到了我的善意，表现得很是温顺。我想起来，包里还有一瓶太空彗星水，其实我早已口渴难当，但怕又被这家伙夺走，一直藏着不敢拿出来，此时一激动，便拿出来和它分享。蜥鸟龙认出了水的样子，快乐地叫了起来。

我把瓶盖拧开，指了指它的嘴巴，蜥鸟龙会意张嘴，我便将水小心地倒进它的嘴里，本来想给它喝一半，自己留一半，但没倒几下，蜥鸟龙已经用牙齿叼住瓶子，昂头将水一滴不剩地倒进喉咙，又嚼了好几下瓶子，感到无法下咽才吐到一边。我的水啊……

我正欲哭无泪，贪心不足的蜥鸟龙却指着瓶子，又叫了起来。身体语言十分清楚：我还要！

“我哪还有水！”我斥道，“这下我自己都没得喝了。要喝水，快把石头搬开，外面有的是水喝！”我伸手指着堵住洞口的石堆。蜥鸟龙或者明白了我的意思，或者以为再搬石头才有奖励，于是又干劲冲天地当起了苦力。

这一回，不久后，果然有了转机。

蜥鸟龙搬开一块石头后，一股热烘烘的风吹了进来，终于打通了！

我兴奋地冲上去，用手电照着查看，却发现还有两块巨石在外头把通路封死了，打开的其实不过是两块巨石底部间一条狭窄的孔洞，大概够一条小狗钻过，但要是人钻出去就有点勉强，蜥鸟龙就别想了。而那两块巨石比最大的霸王龙还要大上三分，不论是我还是身边的恐龙，绝对没有移动一丝一毫的可能。

蜥鸟龙也看出脱困无望，焦躁地叫了起来。但你出不去，不代表哥们儿也不行嘛。此刻我也顾不得它，挤进石缝间，向外望去。过了十来个小时后，热量已经开始散去，但吹来的还是热风，尘埃云仍然笼罩世界，外头一片黑暗，太阳、月亮、星星都不见踪影，一派世界末日的感觉。但是隐隐可以看到远处有一点火光闪烁不定。难道是山火？

不，我很快反应过来，那“火光”正是时空之门的能量效应，它其实就在我前方两三百米的地方。只要能钻进那扇门，下一秒就可以看到 2116 年的阳光了！

我心花怒放，便扔掉碍事的背包，一低头钻进了那条石缝，尽量缩小自己的体积，挣扎着向外钻去，一开始还好，但左边一块巨石向右凸出了一大块，越往前就越卡，每多移动一厘米都要付出比以前多好几倍的力气，我将肺里所有的空气都呼出来，恨不得把肩膀缩进肋骨里，尽一切努力继续前进。又挪动了半米之后，眼看出口就在前面，我却再也动不了了。

我想叫，但是叫不出来，甚至空气都吸不上来。大事不妙，我的肺里几乎已经没了空气，心跳快得宛如疯狂的鼓点……

这么下去我会死的！我惊恐地放弃了逃出去的念头，想往回退，但是双手被牢牢卡在身体两边，抓不到可以借力的地方，两腿乱蹬，也使不上力气。难道就这么被卡死在这里？我想到一本近代武侠小说的情节，我既不想屠龙又不想抢屠龙刀，为什么让我和某个反派一个死法？

缺氧中，我渐渐开始神志不清，眼前冒出无数幻象，几秒之内，仿佛经历了无数人间的悲欢离合，一会儿好像回到了未来，和前女友复合，一会儿和她结婚，走进洞房，忽然间她的新男友冲了进来，却原来是一头青面獠牙的恐龙，那洞房也变成了山洞，他吃掉了前女友，也要吃掉我，我拼命往外爬，但它咬住了我的脚，要把我活活吃掉……脚上好痛……

我被痛楚拉回到眼前的世界，脚上的确感到剧痛。那忘恩负义的蜥鸟龙已经在后面啃起了我的脚踝，要把我活活吃掉！

十

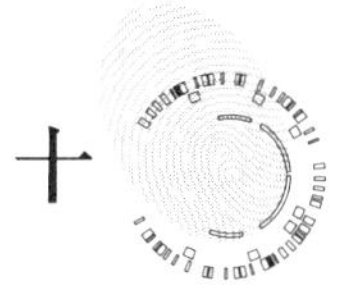

我还没想明白被活活吃掉和活活卡死哪个更悲惨，便感到自己的身子被一股大力拖向后方。粗糙的石头从我已经伤痕累累的身体上划过，疼得我龇牙咧嘴。但终于，我被拖了回来。

蜥鸟龙放下我的脚踝，俯低身子，若有所思地看着我。

我大口呼吸着，让新鲜空气浸润着自己的肺部，才慢慢恢复了些许神智。我依稀明白，要不是蜥鸟龙把我拖回来，我肯定就死在这条缝隙里了。可是它为什么要救我？它应该认为我无所不能，不是吗？

“你为什么要救我？”我忍不住问，“难道你明白我不是神？那你为什么还不吃我？”

当然，蜥鸟龙根本不知道我在说什么。但它昂起细长的脖颈，脑袋指着上方，鸣叫了两声，然后又低头，用一种看上去很恳切的目光看着我。我心中一动，把手电向上照去，才看到巨石在顶上和山体之间还有一个大缺口，别说人，就是恐龙也可以钻过。

真是智障，我骂自己，连蜥鸟龙都看出来的事，我怎么不抬头看看？没事钻什么小洞，为什么不爬到上方，从那里逃出去？

但我很快发现了问题所在：巨石斜着搭在山体上，上头离地四五米高，而下方是向内倾斜的表面，无论是人是龙，都很难爬上去。

新的希望又化为失望，我有气无力地坐倒在地上。但蜥鸟龙靠了过来，发出一种新的叫声。

“叫什么叫啊，”我颓废地抱怨，“反正都是死路一条，咱俩谁也逃不掉。”

蜥鸟龙却搬来几块大石，堆成一个一米高的石堆，回身望望我，又望着上面的石缝，叫了几声，似乎想表达什么，然后它再次伏倒在地上。

忽然间，我想到了一件事，不敢相信地看着它。它冲我晃动着尾巴，好像是对我的猜测表示肯定。我犹豫地走近它，它温顺地趴在那里，一动不动。我小心翼翼地跨在了蜥鸟龙的背上，伸手抱住它的脖颈。那皮肤疙疙瘩瘩的，下面却是温热、跳动的脉搏，那种温热感让我莫名想起小时候妈妈的怀抱。

蜥鸟龙起身，跃上石堆，然后将整个身子直起来，踮起脚，长长的脖颈仿佛变成了一架梯子，头部距离上面的缺口只有一米多了。我抱着它的脊背和脖子往上爬，最后踩在它的脑袋上，抓住了上面缺口的边沿，奋力一攀——

“起——啊呀！”

我手上虚浮无力，支撑不起身子，落在蜥鸟龙身上，一人一龙一起悲惨地摔倒在地……

我还在哼哼唧唧，蜥鸟龙已经爬了起来，冲我大声叫着，显然很是不满。我正心惊肉跳，怕它因此逞凶，它却再次伏倒在地，催促我赶紧再次爬上去。

我再次骑上了它的背脊，这次比之前更小心翼翼，但仍然摔了下来。

蜥鸟龙被我一次次地摔在它身上，但却不肯放弃，耐心地当人肉，不，龙肉垫子，让我一次次踩在它头顶逃生。被摔了四次之后，我终于爬上了那个缺口。

“成功了！”我兴奋地叫了一声，俯身往下看去，蜥鸟龙仍然踮起脚，抬头看着我，发出呜呜的叫声，只有半截的尾巴像小狗一样晃动着。好像是说，我帮你上去了，该你帮我了。

我不禁犯难，我能有什么办法？蜥鸟龙以为我有什么了不起的神通，可我现在没有任何高科技的手段，不可能用手把这半吨重的大家伙给拉上来，也不可能让那些巨石移动半分。不，我什么也做不了，只能救我自己。

我低头看了一眼表上的时间显示，此时已经是夜里八点三十分，距离时空门的关闭只有一个半小时了。

“对不起。”我喃喃地说，心中五味杂陈。最后看了一眼曾和我在一个洞穴里待过十个小时的蜥鸟龙，便回过头，沿着手电的光亮，奔向还在等候着我的时空门。

但身后，蜥鸟龙一直没有停止嘶叫。

十一

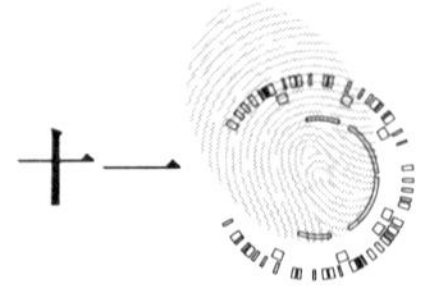

从坍塌的山岩顶上下来也不容易，我手脚并用，又花了好几分钟才脱离这片乱石区，此时地上落了一层厚厚的劫灰，至少有十几厘米深，下面不知是石头还是树根，经常容易被绊倒，我艰难地越过障碍，跌跌撞撞地冲向不远处的那点微光。

我要回家了！太空咖啡、纳米甜点和无上装机器女招待，我来了！

等等，你就这么走了？我心里响起了一个声音，刚才和你在一起的朋友，你就不管了吗？

什么朋友？那是一头食肉恐龙！刚才还想吃我呢。

那你是怎么出来的？是自己挪开那些石头还是自己飞上缺口逃出来的？它其实并没有把你当成神，只是想和你合作。是它救了你，现在轮到你救它了。

可我怎么救得了它？我对那声音抗议，也许它以为我很有本事，但其实我只是一只连它都不如的裸猿，我能有什么办法？

但你知道它在等你，等你回去救它，你知道的。

闭嘴！我焦躁地反驳，这不重要，重要的是我要回家了，要去大吃大喝一顿，舒舒服服地泡一个澡，然后……然后找前女友复合……没错，承认吧，我一直想和她复合……我一定能做到，我们要结婚，生一个可爱的孩子，不，两个……

我已经跑下了山坡，到了湖边，距离时空门只有一半的路程了。但蜥鸟龙的叫声仍然隐约可以听到。

但它会在这里等你，那尖锐的声音仍然不放过我，一直等你，一分一秒，一个小时又一个小时，一天又一天，它就这样可怜巴巴地守在石头下面，叫得喉咙都出血了，疑惑你为什么不会来，直到奄奄一息地倒下，死去……

废话！废话！废话！它只是一头爬行动物而已，我一个人类为它考虑那么多干什么？

现在你又说自己是人类了？那声音冷笑，人类是什么？不一样是爬行动物的后代吗？我们比它们更聪明还是更有道德？更强壮还是更敏捷？如果不是遇到了这场大灭绝，它们就是人类。我们，什么也不是。

好，我承认，就算它有那么一点儿智商吧，就算它算是个不幸的智慧生物吧，可它已经死了六千五百万年了，我凭什么要为一头死了六千五百万年的恐龙负责？

没错，它已经死了六千五百万年，这也就意味着它会等你六千五百万年。也许它的骨头会被这座山埋葬，一点一滴地变成化石，即使变成了化石，它还是会等着你，变成石头的眼眶还是会凝望着你……等着你回到六千五百万年前去救它……

我打了一个寒战，停下了脚步。

蜥鸟龙的叫声已经听不到了，时空门就在我的面前，发出魅惑的光芒，距离我还不到三米，但这三米，我却难以跨越了。

我不能回去，现在还不能。

我深深吸了一口气，又看了一下智能表，距离时空门关闭还有一个小时又二十分钟，让我想想看，利用这一个多小时能干什么，也许什么都干不了，但是……总要试试看。

我环顾四周，发现原本在这里的所有树木都已经被狂风连根拔起，但是四处散落着很多从别的地方带来又落下的东西，有翼龙的尸体，

有许多乱石、树根、树叶，还有一条大蟒蛇……哦，那好像不是蛇，是植物藤条……

等等，藤条？

我灵机一动，仔细查看那根藤条，有手臂粗细，七八米长，似乎的确可以用，我把藤条抱起来，发现它比想象中重很多，只有拖曳着，吃力地把它拖回到洞穴上方。等回到刚才的地方，已经又过去了二十分钟，我也累得浑身大汗。

蜥鸟龙还在原地可怜巴巴地等着我，见到我，又像见到多年不见的老友般激动地叫起来。我没空和它叙旧，把藤条的一个头设法绑在巨石一处凸出的边角上，另一头扔了下去，垂到离地一米多高处，蜥鸟龙确实聪明，立刻明白了我的意思，抓住藤条就往上爬，看它的身手，倒也不比我差多少……呃，其实比我强多了。藤条成功地支撑住了恐龙的重量，它越爬越高，转眼间，左爪已经抓到了巨石的边沿，右爪还握着藤条，就在这时候——

一道闪电般的强光从头顶落下，击中了它。

十二

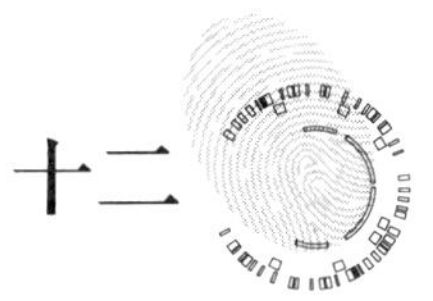

“闪电”击中蜥鸟龙的左爪，令它发出一声惨呼，松开了石头，整个身体在藤条上晃荡起来。一道道“闪电”接二连三地落下，几乎是擦着我头皮打在它身上。我也不知道发生了什么，本能地向一旁闪避。

说时迟，那时快。蜥鸟龙终于被打了下来，身体沉重地落地，只发出一声闷哼。同时，我在慌乱中也一脚踏空，从数米高的地方摔了下去，又掉回到那该死的洞穴里，正好落在蜥鸟龙的身上，才没有摔断腿。

我被摔得人仰马翻，带着一身的新伤旧患爬起来，才发现这场麻烦的来源：一架鸽子大小的智能蜂机，正在我头顶一米处盘旋着。

这家伙是从哪里冒出来的？我想了想才明白，一定是我刚才回到时空门附近，一架残留的蜂机发现我的踪影，重启了“保护游客”的任务，这个浑蛋也不提醒我一声，就跟在我后面，发现了蜥鸟龙接近我以后，立刻开始了对我的“保护”……

我低头看看，蜥鸟龙已经一动不动，难道死了？

“混账，你干了什么？”我问蜂机，它的 AI 系统有对话功能。

“游客您好，请使用文明用语。根据《时空旅行安全规定》第三条第六款，本机不得已对接近您的危险生物采取了电击驱赶和麻醉措施，目前该危险生物暂时被麻醉，但麻醉效力大约只有二十分钟，请您迅速离开……”

“你这个笨蛋！为什么不问问我？”我大骂道，“这头恐龙是好人——不对，是好龙，也不是——我是说它是我的……我的……朋友！”

蜂机好像是愣了片刻，回复：“游客您好，本机无法解析您的语义逻辑，请您迅速离开危险生物，返回本部时空后，我公司将建议专业机构对您的精神状况进行鉴定……”

我和这个愚蠢的 AI 又争论了几句，但毫无用处。自从那个什么狗的程序在围棋上战胜人类之后，为了防止人工智能取代人类的奇点，全球立法限制人工智能的发展水平，结果就是过了快一百年还是如此笨。

说不了几句，蜂机忽然发出嘀的一声，发出另一条警告："游客您好，温馨提醒：目前距离时空门关闭只有四十五分钟了，请您抓紧时间游览，抓紧时间游览……"

"还游览什么啊！"我怒吼道，"你这个笨蛋让我又被困在这鬼地方了！快想办法让我出去！"

"游客您好，请您不要着急，本机将竭诚为您服务，现在进行周边环境分析。"蜂机说，开始缓缓旋转，一束绿光在上下左右扫动，扫描着周围，收集信息，进行计算。我焦急地等着它的结果。过了宝贵的几分钟，蜂机终于开口了：

"游客您好，检测到地球对面发生小行星撞击，导致全球地壳活动异常，据历史数据匹配当为K-T事件，属于SSS级灾难，目前环境极度危险，游览终止，请立刻返回时空门……"

"用你说！我一来就知道了！"我忍无可忍，"我是让你带我离开这里！你能把我吊出去吗？还有这头恐龙。"

"游客您好，根据空气动力学原理，我无法承载您的重量。"

"那就把眼前这两块石头给我炸掉！"

"游客您好，这一命令需要A类控制权限，"蜂机回答，"请您说出控制密钥。"

"控……"我差点吐血，我哪来什么密钥？可能知道的导游和几个工作人员早就跑回2116年了。

好在蜂机自己帮我解决了问题："游客您好，由于发生了SSS级灾难，目前您是本时空中唯一的人类，根据《时间旅行安全规定》第八条第四款，您已自动获得A类控制权限。您的命令将立刻得到执行。"

"这还差不多。"我松了口气，"还不快干活？对了，不许再说'游客您好'了！"这几个字听得我无比烦躁。

“好的，A 类用户您好，”蜂机居然换了一个更长的表述，“本机即将发射 SK47 微核聚变导弹进行炸毁，请您撤到一百米的安全距离之外，十、九、八……”

十三

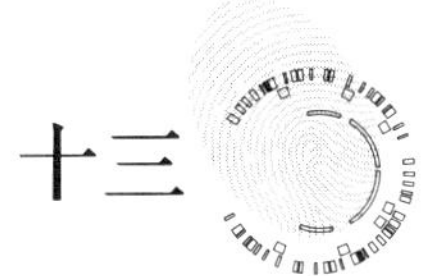

“停！停！停下！”我大惊失色，想不到蜂机上装备了这种前军用大杀器，“我要能撤到一百米外还要你干什么？不用核弹，我只是让你清除眼前的阻碍物，让我能离开这里，回到时空门！”我指着眼前的石缝。

“A 类用户您好，您的命令将立刻得到执行，现在开始进行等离子束切割。”蜂机终于理解了我的意思，从机头部位射出一道细细的电弧，像利剑刺入巨石内部，几秒钟后，刚才那块差点卡死我的凸出部位怦然落地。

“再扩大点，至少要一米宽，两米高。”我说。这条缝隙只够人钻出去，但对蜥鸟龙来说还嫌太小了。

“A 类用户您好，目前的缺口已经足够您离开，再扩大可能会引起——”

“我有 A 类控制权限！立刻执行！”我斥道。

蜂机没敢再抗议，而是又花了几分钟，用等离子束在巨石上挖出一个大洞，又用定向冲击波将切割下来的石块推开，等到完全打开通道，距离时空门关闭只有三十分钟了。

我松了口气，又看到蜥鸟龙还躺在一边，问蜂机：“它什么时候

能醒来？”

“A 类用户您好，这头危险生物已经开始苏醒，本机建议您尽量远离它。”

果然，蜥鸟龙已经睁开了眼睛，还没搞明白是怎么回事，困惑地看看我，看看蜂机，又看看新打开的通路。蜂机又发出威胁的光芒。

“喂，别碰那头恐龙！”

“A 类用户您好，好的。”蜂机终于乖乖领命。

“现在你可以离开这里了，”我转向蜥鸟龙，尽量温柔地说，“走吧，在外头找个地方活下去！”

“A 类用户您……”

“我不是跟你说话！”

蜂机终于闭嘴了。但蜥鸟龙对它还心有余悸，发出“咕咕”的声音，缩在山洞最深的角落里，我跑到洞口，对它连连招手：“没事的，来，快来！”

蜥鸟龙终于明白了，犹犹豫豫地跟了上来，我俩一前一后出了山洞，外头仍然天昏地暗，但头顶上的蜂机体贴地打开探照灯，周围数百米亮如白昼，现在可以看到这里有几具烧焦的恐龙尸骸。还依稀可以看到几只老鼠般的影子在巨龙的尸体间穿梭，一见到强光就躲了起来。我忽然意识到，它们是哺乳动物，这些不起眼的小家伙在毁灭世界的灾难中靠着啃食恐龙和其他大型动物的尸体活了下来，并在几百万年后开创出了一个全新的王朝，其中也许还有我的祖先……

蜥鸟龙自然没有我这般思古幽情，但它颤抖着，开始发出一种尖锐高亢的叫声，仿佛在召唤同伴。四周一片寂静，毫无应答——它的所有同族，大概都已经死去了。

过了一会儿，蜥鸟龙停止了无用的鸣叫，悲伤地垂下脑袋，走向边上一头小三角龙的尸体。这附近的死恐龙够它吃一辈子的。当然了，尸体会腐化，但是尘埃云挡住了太阳，很长时间内地球吸收不到多少阳光，周围的气温会迅速下降，很快会降到零度以下，这样肉类就可以保存很久，而大量在小行星撞击中蒸发的水汽也会以雨雪的形式降下，可以支撑它活很长一段时间。

然而蜥鸟龙并没有就地进餐，而是拖着那具三角龙的尸体，回头往洞穴方向走去。

“喂喂，你这是干什么？”我有些诧异。

蜥鸟龙回头看了我一眼，挥舞着双臂，发出一连串意义不明的叫声，然后进了山洞，我看看还有二十分钟的时间，一转念又跟它钻了进去。

蜥鸟龙把尸体拖到一个角落，然后吃力地搬开一块大石，露出洞壁上一个内凹的龛室，里面铺着干土和树叶，大概有二十个巴掌大小的白色椭球体躺在其中。

“你……你是……这是你的……”我目瞪口呆，说不出完整的话。

蜥鸟龙冲我叫了两声，好像是回答我的问题。然后将那些龙蛋捧起来，放在角落里那堆树叶上，小心翼翼地蹲下，张开双臂，分开两腿，伏在那些洁白的恐龙蛋之上。

它原来是……她？！

我终于明白了一切。

这个山洞，就是这头雌蜥鸟龙的家。在我来到之前，她已经生下了很多蛋，准备要孵化，也许她还有照顾她的配偶和其他亲人，但死于外界的风暴，她也受了重伤，好不容易才逃回来，赶紧把这些龙蛋收纳到更安全的“储物间”。所以她一开始对我疯狂地攻击，不光是对异种的敌意，更是为了保护自己的孩子。

后来，她不惜向我这个“小恶魔”示好，帮我逃走，都是为了自己的孩子，否则他们就算孵化出来也只有死路一条。但既然已经可以出去，她也就不用离开自己的家了，在外界天翻地覆的情况下，这里是她和她的后代唯一的避难所。附近的恐龙尸体可以供他们吃上很久。

那些龙蛋会孵化出小蜥鸟龙来，即便不能全孵化也会有十来头，想必它们长大后会相互扶持，度过这段艰难时光。可惜，别的蜥鸟龙也许都死光了，只剩下了他们，他们只能靠近亲交配繁衍下去。但只要他们能一代代繁衍下去，凭借发达的大脑，学会母亲教给它们的语言和技能，那么终有一天会复兴自己的种族。

我感动地唏嘘几声，这样一来，恐龙就还能活下去，也许还能再活几百年，上千年，虽然它们仍然注定灭绝，但至少还能——不对，不是这样的！

宛如一声惊雷在我脑中炸响。我猛然惊觉了一个可怕的事实。

十四

智慧蜥鸟龙本该灭绝，但我的穿越已经改变了时间线，这个聪明的种族很可能就不会灭绝，只要熬过这几年，几十年，最多几百年的艰难时光，他们就可以繁衍生息，迁徙到空旷的世界各大陆，不费吹灰之力地成为地球的主人，然后发明农业、军队、文字、科学……一切。

那人类呢？来自后世非洲猿猴世系的人类呢？在此时，我们的祖先还是那些昼伏夜出的原始老鼠，如果蜥鸟龙统治了世界，它们不是被当成肉畜饲养就是被当成害兽消灭干净，人类，不，猴子都不可能进化出来。

这意味着什么？

没有人会存在，没有人。

汉谟拉比居鲁士亚历山大恺撒秦始皇成吉思汗拿破仑……摩西释迦牟尼孔子柏拉图耶稣穆罕默德李白杜甫莎士比亚牛顿爱因斯坦……克娄巴特拉圣女贞德伊丽莎白女王简奥斯丁南丁格尔奥黛丽赫本……

这一串串光辉灿烂的名字，以及名字后蕴含的一切，都根本不会在这个星球上出现。无人知晓，无人想念。

因为无人，压根就无人存在。

我猛地颤抖起来。蜥鸟龙似乎察觉了我的异样，抬起头对我叫了两声。照理说，动物在孵蛋时对接近的生物都会很警觉，但是我听得出来，蜥鸟龙的叫声毫无敌意，反而充满关切。

我该怎么办？该怎么办？

“A 类用户您好，距离时空门关闭只有十五分钟了。”不知过了多久，蜂机提醒我说。

“蜂机……”我如梦初醒，“你的微核弹还在吧，能彻底摧毁这个山洞吗？杀掉里面的所有……所有活物。”

“A 类用户您好，这一点不能确定，有一些细菌可能在石缝深处，难以有效杀灭，另外还有一些地衣……”

“这就够了。”我打断它的絮叨，觉得自己呼吸都困难，“我们先离开这里，等到了安全距离，你就立刻发射导弹。”

蜂机表示从命，我默默叹息一声，向外走去。但才走了几步，背后又传来蜥鸟龙的叫声。我回头看去，只见它又爬了起来，挥舞着手臂，扭动着身体，交换着双脚，有些笨拙地跳跃着。

我愣了几秒钟，忽然明白过来：它——或者说她——是在道别和表示感谢，感谢我们帮助了她和她的儿女。

我的眼眶又湿润了。我不敢再看，回头向外走去。但心中，那个声音又在响起：人类有权利消灭一个智慧而淳朴的物种吗？它们和我们同根而生，是这个星球引以为傲的长子，也应当引领这个世界走向繁盛，只是因为一场意外的大难，才让我们这些原始鼠类的后裔继承了这个本不属于我们的世界……

是的，如果不干掉她和她的子女，也许所有人类的名字和成就都将从这个世界抹去，但那又如何？会增添千千万万其他的名字，也许这个世界会更辉煌灿烂，早在六千万年前就走向文明的巅峰，也许……

但每一个种族都要生存下去，捍卫自己的种族是每一个人的义务。我不能背叛自己的族类，这是刻在我 DNA 上的命令。

呵，DNA！好像脱氧核糖核酸链条的随机漂变具有多么本质的意义似的，即便如此，我们和蜥鸟龙的 DNA 也仍然绝大部分是相同的，我们是同根生的兄弟姊妹。他们和我们，并非相距如此遥远。

“A 类用户您好，已经到达安全距离。”蜂机提醒我，“按照您之前的命令，微导弹即将发射，十，九……”

我望向已经隐入黑暗，什么也看不清楚的山洞，知道那里有一个延续了 1.5 亿年的家族最后的希望，和另一个即将统治六千五百万年的家族最初的机会。

整个地球无限岁月的重负，仿佛都压在我的肩头。

为什么是我们?

为什么不能是他们?

“八，七……”

天地无情，以万物为刍狗。地球历史上，99% 的物种都已灭绝，也许蜥鸟龙不是第一个智慧物种，人类也未必就是最后一个。物竞天择，一笔乱账。谁没有权利活下来？又有谁能够笑到最后？

“六、五……”

但是我还是要干掉这些恐龙，我必须这么做。我想到一点，如果未来人类不存在了，时空之门也不会存在。哪怕仍然存在，我也会回到一个天知道会变成什么样子的 2116 年。我的亲人，朋友，邻居，前女友……统统会化为乌有。

“四、三……”

我必须干掉她。虽然她救过我，虽然她很善良，虽然这一切不过是我脑中的推想，也许她和她的子女几天后就会死于一次余震，也许他们会繁衍几代后自己灭绝，但我不能冒险，我要活下去，就必须干掉她，从开始困在山洞里一直是这么回事。事情本来就是如此简单。

“二……”

不用再想了，干掉她，了结这一切——

“一——”

他们统统会死去，发达的大脑会化为灰烬，血浆和蛋液混合在一起，骨头和内脏到处都是，被坍塌的山洞所埋葬，永远埋葬——

“预备，发射——”

“停止！”我大声叫了起来，“停止发射！”

那一刹那，我知道自己不能这么做。

但已经来不及了，一道耀眼的流星直扑百米外的山洞。一刹那后，山谷中仿佛升起了一个新的太阳，强光照得天地之间犹如白昼。

十五

随后是一声惊雷，落在地上的尘埃被狂风吹起，又将方圆几百米笼罩在一片灰霾中。

历史仍然沿着既定的轨道前进，恐龙灭绝了。

我呆立在一片尘霾中，心中不知是什么滋味。

但片刻后，我听到了山洞里蜥鸟龙惊恐的叫声，此时激起的沙土纷纷落地，尘霾也在散去，借着蜂机的光芒可以看到，山洞……仍然存在？

“A 类用户您好，因导弹已经发射，接到您的命令时已无法阻止，也来不及调转方向，只能用高能激光束将其摧毁。”蜂机报告说。

“原来如此……”我如梦初醒，难得蜂机终于聪明了一回，“干得好，干得好！”

“A 类用户您好，谢谢，为您服务是本机的……”

我忽然想到一件事，来不及听它的谦辞，慌忙转身，望向时空门的方向。但那里只有一片黑暗。原本像一盏闪耀明灯的时空虫洞，已经无影无踪。

历史真的改变了？！

我又觉一阵眩晕，发生了什么？难道就因为我的一个决定，人类真的已经从遥远的未来被抹去？

“时空门呢？”我问蜂机，“怎么会消失的？！”

“A 类用户您好，距离时空门关闭还有五分二十八秒，”蜂机好像也很困惑，“照理不应该提前关闭的，可能是发生了故障，本机代表公司为对您造成的不便表示抱歉……”

我向原本时空门的方向跑去，指望它是被什么东西挡住了或者被蜂机的光照所掩盖。但越靠近看得越清，也越是绝望，毫无疑问，那扇回到 2116 年的大门已经消失了，也许整个 2116 年都消失了。

我究竟干了什么？干了什么？

等到了跟前，看到面前仍然是空空如也的死寂，我再也支撑不住，蹲在地上，埋头恸哭。未来的六千五百万年，整个新生代的无尽岁月，就这样被我一个决定所抹去了。

奇怪的是，我首先想到的不是自己的命运，也不是人类、文明之类宏大的概念，而是前女友，她再也不存在了，应该说从来没有存在过。整个宇宙的亿万星河中，只有我一个人记得她的容貌、声音，还有她身体的温暖。

只有我一个人，一个很快也不会再存在的人。

我后悔吗？我一边哭一边问自己，但却不知道答案。

“A 类用户您好……”这时候，蜂机还在不识相地打岔。

“闭嘴！”

“可是 A 类用户……”

“滚！”

“A 类用户您好，”蜂机的声音强硬起来，“根据《时空旅行安全规定》第三条第九款，我必须提醒您，时空门距离关闭还有一分钟，请立即返回，否则一切后果自负！”

“你胡说八——”我抬起满是泪痕的脸，却怔住了，眼前，一个美丽的光之漩涡在转动着，通向时空的遥远彼岸。

不知什么时候，时空门又出现了？！

我来不及多想或者多问，生怕再起变故，一刻不敢耽搁，直接扑进夺目的光之海洋。

十六

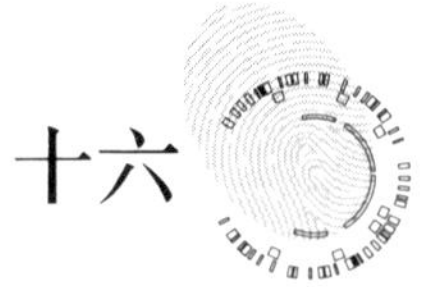

整件事就这样蹊跷地结束了。

我和其他游客几乎是同时间回到了 2116 年，抬头望去，整个世界毫无改变。也没有人知道我在他们离开后的十余个小时中发生了什么。大家以为我不过是晚到了一会儿。身上的各种伤痕也只是撤离时遇到地震所致。

我如实对调查机构和记者讲述了自己的遭遇，却被当成是编故事蹭热度。我再三诅咒发誓，也才有一些人相信了不是我乱编的——而是我在那里昏倒后的幻觉。

“最大的破绽，”他们斩钉截铁地说，“就是时空门关闭后，不可能再开启，即便是后来派人去救你，重新开启时空门，但也不会精确在同一地点或同一时间，更何况，你还是和其他人一起出来的，而不是被传送到另一个时间点。”

我无言以对。

雪上加霜的是，唯一可以证明这一切发生过的蜂机在随我穿越时空门后发生了故障，其记忆存储全部消失。到头来，只有一个人表示愿意相信我，就是我的前女友——对，前女友，我们终究没有复合——的现男友。这家伙是一个穷困潦倒的二十一世纪科幻小说家，借助二十一世纪末的生物技术活了一百多年，但科学知识早已落伍，写的书也没人看了，也不知前女友看中了他什么。他听了我的故事后要来拜访我，我几次拒绝后，终于还是让他到我家里来见了一面。

“设想一下，”他问了很多细节后说，“如果你的猜想是对的，智慧蜥鸟龙挺过了 K–T 事件，发展出了高度发达的文明，那又会怎样？”

“什么怎样？”我没好气地反问，“我不是说了，人类就不存在了吗？”

“当然，当然。不过他们可比我们早了六千五百万年啊，哪怕需要再花一千万年进化出技术文明也是在五千多万年前了。如果他们能发展到今天，那又是什么样子呢？他们应该早已经能够发展出超光速航行、踏遍宇宙的各个角落了吧？”

“但宇宙里毫无他们的踪迹，”我说，又补充了一句，“地球上也没有。”

“再从另一个角度讲，”他笑眯眯地说，“他们的生物技术应该也很发达吧，很容易检测出彼此的基因差异很小，说明在若干年前来自同一个母体祖先。其实这种技术我们现在也有，只是误差比较大。但是他们的测量也许精度非常高，甚至可以锁定在 K–T 事件发生时的某一个个体。也就是说，他们会发现，在毁灭事件发生之际，唯有一个个体活下来了，他们的种族才延续下来。”

“那又怎么样？”

“他们不会对自己这个传奇的祖先好奇吗？不会想回到自己种族历史上最艰难的时刻看看发生了什么吗？你不会以为，他们发明不了我们能发明的时间机器吧？”

“你是说……”我模糊地想到了什么，但是又把握不住。

“也许他们当时也在，目睹了发生的一切，也许还做了什么。”

“可是除了那头蜥鸟龙和几个蛋，我什么都没看到啊！”

“为什么要让你看到？也许他们小心地隐藏起来，没有干预已经发生过的历史，这段历史正是他们存在的根基，但他们能做些别的。”

“所以，”我悚然一惊，“那个消失后又打开的时空门，难道是……”

“也许那不是我们的时空门，而是通向不同平行宇宙之门，从他们诞生的宇宙回到我们的宇宙；又或者并没有平行宇宙，但他们已经能够以超越因果链的方式维持自己的存在，可以允许历史被改写，让我们的时间线不至于被抹去……无论如何，他们以人类目前无法想象的某种超级技术帮你回来了，同时也删掉了蜂机的历史记录。这就证明了，我们的世界和他们的世界并非非此即彼。恐龙没有灭绝，我们也没有。”

“这……这也太难想象了。”

“在无垠的时空中，”他走到窗边，望着太空城外璀璨的星河，蓝宝石般的地球悬浮其间，“在无穷无尽量子宇宙的生灭之海中，会发生多少事情，我们本来就无法想象。”

不管听起来多么荒诞，但目前这是唯一说得通的解释。我还有千千万万个问题，可惜目前由于安全因素，K-T 事件前后数万年内的时空旅行已经被严格禁止，但我想，将来如果可能，一定要再回到那个时间点去搞清楚到底发生了什么。

我一定还要回到那个洞穴里，去拜访那位特别的朋友。

一定。

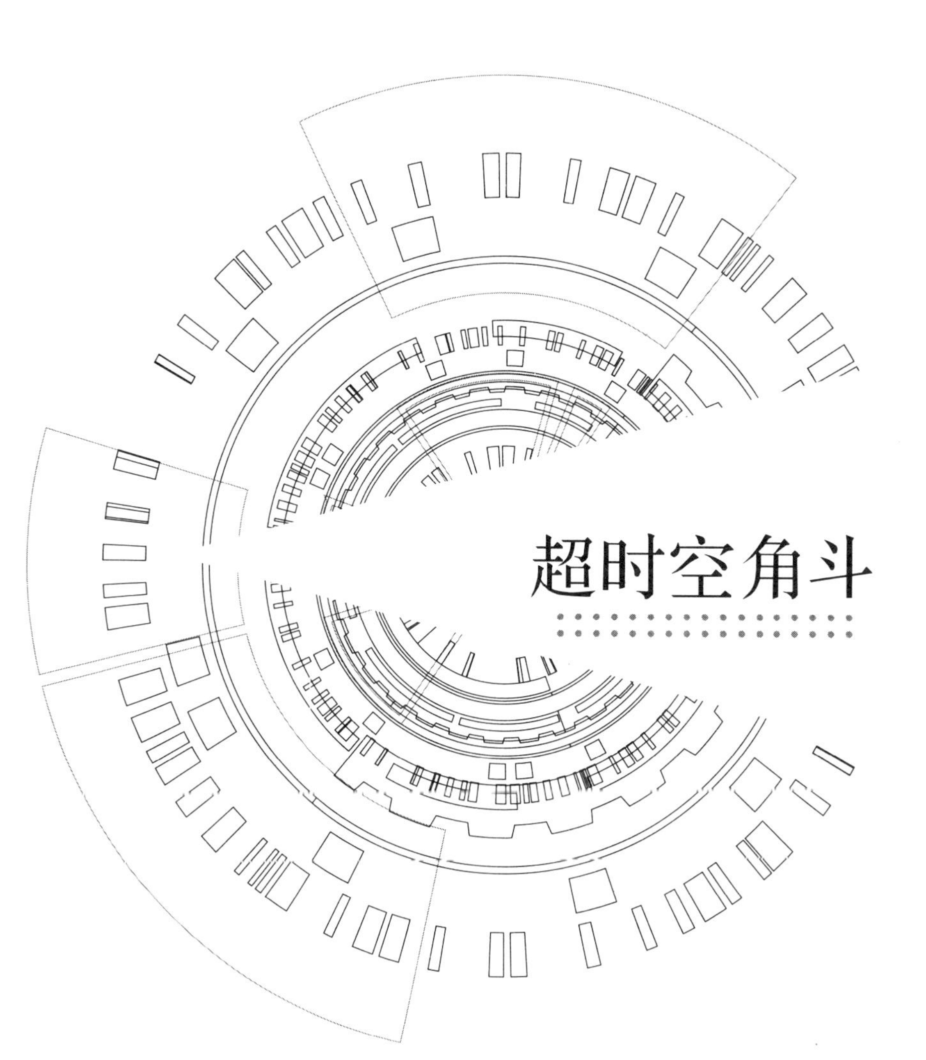

超时空角斗

示威的尖鸣在蕨丛中回荡，缤纷的羽毛炫耀地舞动，一条长尾灵活地甩动着。在镰刀般的脚底下，孱弱的猎物在血水中逐渐停止了挣扎。

一只全长将近四米的奇异动物低下头，看上去就像一只长着蜥蜴嘴巴的怪鸟。它对着猎物凝视了片刻，那是一个长着褐色毛的小家伙，全长不到二十厘米，虽然已经死去，还睁着大大的、惊恐的眼睛，看上去就像一只老鼠。怪鸟并不知道什么是“老鼠”，但它对这种猎物十分熟悉，它的肉是怪鸟的日常食物。如果怪鸟有知识，会知道这种小兽被称为始祖兽，地球上最早的哺乳动物之一，也是老鼠、大象和人类共同的祖先。

但怪鸟对猎物的身份毫无兴趣，它低下头，张开半米的长吻，用森森利齿将猎物还温热的躯体撕扯开来，“馨香”的血腥气味四溢开来。它已经三天都没有进食，这一餐来得十分及时。怪鸟本可以将猎物毛茸茸的身子一口吞下，不过另一种更深刻的本能抑制了这一强烈欲望。令它食用了几口后就叼着猎物的残躯，晃过苏铁树的森林，走向自己的窝，那里有几只刚刚出生的幼仔正嗷嗷待哺。

而它根本没有，当然也不可能发现，另有几十位不速之客跟在它背后。

“真是不可思议！”一位老先生感叹说，“原来恐龙是这个样子的！就像一只大鹰一样！”

“至少很大一部分兽脚亚目恐龙是这样的。”托尼·布朗告诉他说，“它们是鸟类的近亲，浑身披着羽毛，捕猎方式也和鸟类接近，当然，它们中的有些物种可是像狮子一样大的超级巨鸟，比如我们面前的恐爪龙。”

“你们是怎么复活它们的？”一个胖太太问，她显然根本没听活动一开始的介绍。

“根据基因还原算法。”托尼耐心地说，“就像我刚才说过的，恐龙的后裔是鸟类，因此鸟类中隐藏着恐龙的基因，只不过很大一部分基因都变异或者失效了。另外，鳄鱼也是恐龙的近亲，通过对比它们的基因，我们就能够猜测出恐龙的一部分基因结构，剩下的通过复杂的演算，模拟出类似已知恐龙的形态，再进行……”

当然，说到这里已经没人愿意细听了。人们只是说笑着，跟随恐爪龙的步伐在复活的中生代丛林中漫步。

恐爪龙似乎发现了什么，回头扫视了一眼。旅行团中的几个小姑娘不禁发出惊呼。

“不会有事的，”托尼安慰她们说，“首先我们有全隐形光学系统，恐爪龙不会发现我们的任何踪迹，看不到我们的身体，嗅不到我们的气味，连我们说的半个字都听不见。其次这里也有智能防护力场，就算这家伙全力冲过来，也会被一堵看不见的墙隔开的，更不用说整个公园内部的监控报警设备了。”

前方，恐爪龙骤然发出一声愤怒的嘶鸣，浑身的羽毛都好像炸开了。所有人的目光都被吸引上前。托尼的嘴角露出一丝微笑：真正的好戏开场了。

恐爪龙的窝巢边，稚嫩的羽毛落了一地，血迹中落着几根尾巴。一只奄奄一息的幼龙正被一头见所未见的野兽叼在嘴里，正如恐爪龙叼着那只始祖兽一样。

那只野兽长得和始祖兽有三分类似，但却要高大得多。浑身黑黄条纹，如同一只大虎。四肢着地，头部颀长如狼，竖着尖尖的耳朵，叼着幼龙的嘴里露出尖锐的犬齿，腥臭的涎液从嘴角往下滴落。

“这是一只鬣齿兽。”托尼说，“属于已经灭绝的肉齿目哺乳动物。如果恐爪龙有知识的话，它会感到惊讶无比，因为这只野兽是始祖兽的直系后裔之一，生活在距现代五千万年前，也就是恐爪龙时代的七千万年后。想想吧，它本来必须活超过七千万年才能和一只鬣齿兽相遇，而今天，它们却在这里，在我们的罗彻斯特史前动物园进行跨时空的角斗！”

恐爪龙发出愤怒的鸣叫，飞扑向鬣齿兽。鬣齿兽也发出一声嘶吼，奋起四足，向前扑来。它同样也饿了许多天，刚才的几只幼龙只不过够它塞牙缝而已，而现在大餐来了。

“根据测量，鬣齿兽下颌的咬力超过六百八十千克，而恐爪龙只有约二百七十二千克，不过没关系。它还有别的武器……”托尼继续解说着，而此时两只野兽已经激烈交战了起来。

恐爪龙浑身的羽毛张起，如同一只孔雀般威风凛凛。它的前肢长满长羽，几乎像是翅膀，但仍有大型的手爪。它一掌抽中鬣齿兽凑近的脸部，瞬间那里出现了一道血痕，鬣齿兽发出了一声惨烈地怒吼。恐爪龙像一个灵活的拳击手一样出击。鬣齿兽闪避着，战斗意志逐渐低落了。

“让不同时代的猛兽角斗是我们动物园的特色节目。”托尼对他的听众们说，“每年都会吸引几百万名游客。有关的三维视频你们在网上想必都看过了，点击常常达到几亿次以上。今天大家可以走近了观察，对，我们可以走到它们边上去，放心，有防护力场，它们伤害不了我们的。

“这只恐爪龙，是我们动物园的明星。它已经在七次战斗中获胜了，它的对手包括异特龙、劳氏鳄、短面熊和巨猿。当然，鬣齿兽也不差，它击败过袋剑虎、恐猫和奥卡龙，所以可说它俩是棋逢对手，啊，你们看——”

鬣齿兽逮住了一个空隙，整个身体猛扑了上去，将恐爪龙压倒在地。它的身体比恐爪龙重得多，一时让它难以脱身。不理会手爪的拍打，巨大的狼头咬向恐龙脆弱的脖颈，几乎已经咬到了——

但恐爪龙随即一记猛蹬，镰刀般的后肢趾爪——它正因此而得名——像尖刀刺入纸张一样刺透了鬣齿兽的肚腹，随即反复抓挠起来。

鬣齿兽发出惊天动地的惨嚎，它的身子滚向一边，离得近的游客们看到，它的肚子已经被撕开了一个大口子，一截血淋淋的肠子挂在外面。如果是在自然界中，它已经活不了了。

鬣齿兽忍痛爬起来，在求生本能的驱使下向远处逃窜。恐爪龙却又站起来，扑腾着带羽毛的前肢，跳到鬣齿兽的背上，打算彻底干掉这个庞大的对手，不，现在已经是猎物了——

随着托尼的一个手势，一道细微的银光从远处飞来，在恐爪龙没有任何反应的时候就刺进它的身体。恐爪龙本来原始简单的意识涣散开来，它从鬣齿兽的背上跳下来，蹒跚了几步，就一头栽倒在地上。

“战斗结束了。”托尼说，“我们要去给它们治伤，培养这些角斗士可不是件容易的事啊。”

“这就完了？”一位游客略感失望，“你们宣传广告上霸王龙和棘龙打架的场面呢？下面有吗？”

“非常抱歉，那不是常规表演，”托尼换上了遗憾的口吻，“目前我们只有一只霸王龙，上次那只棘龙被咬死了，新的恐龙还在培育站，至少一年后才能出场，如果您对这场表演感兴趣的话，可以关注我们的网站，上面会实时更新猛兽角斗信息。”

人们纷纷发出失望的声音。

“其实防护力场经不起霸王龙级别重量的撞击。”托尼告诉不满的观众，“所以即使有也只能在远处观看，观赏效果不免大打折扣。不过如果大家有兴趣的话，下面在海洋馆还有一场精彩至极的水下搏杀，一场跨越三亿年的海底巨人之战：白垩纪的沧龙对泥盆纪的邓氏鱼！我的同事迈克将继续为大家解说……”

游客们离场了。鬣齿兽也被拖走，送回自己的领地去治疗。苏铁林中只剩下托尼和他负责照料的恐爪龙。这次它伤得并不重，不过脖子上还是被咬破了，而且几处擦伤，掉了不少羽毛。这个状态肯定没法投入下一次角斗。

托尼等了十分钟，医生来了。事实上只是自动车上运来的一个金属小罐，托尼娴熟地按了几个按钮，从喷头中喷出了淡蓝色的烟雾，落到恐爪龙的几处伤口上。那是一种纳米级别的分子机器人，可以根据智能程序进行身体修复，并可以在几小时内催生新的羽毛。

恐爪龙的头部则被注射进另一种纳米机器人，它们可以在其海马体中注入某些化学介质，以消除恐爪龙最近的记忆。这位角斗士的经验和记忆必须被严格控制在一定的范围内，才能在角斗中形成最佳的战斗效果：那种母亲看到自己幼崽被吃掉的愤怒必须不断地被再造出来，才能让一只大鸟忘却一切本能的畏惧，投入战斗中。当然啦，那些“幼龙”只不过是道具而已。

按照工作流程托尼应该一直看护着自己的斗兽。不过他很快就待烦了，看看恐龙爪没有什么异状后，托尼在林中漫步起来。他信步走到水边，点上一支雪茄，望着远处星罗棋布的群岛。这是休伦湖的南部，湖上有几百个人造岛屿，每个都模拟某种史前的生态环境，培养起一个史前动物群，其中占统治地位的都是某种猛兽。它们无不以为自己生活在属于自己的时代。但这些岛屿漂浮在水面上，随时可以移动和相互连接。当它们连起来时，跨越亿万年时光的史前霸主们，就在这里相遇了。

一部宏大的地球进化史就在这里，在公元二十二世纪被打开。托尼想，那些昂首阔步、自以为不可一世的霸主们，啸傲丛林不知几千几万年，岂能想到它们只是无尽时光中的匆匆一瞬！在它们之前的洪荒岁月中，有无数同样强悍的巨兽存在，而在它们之后，更有新的有力物种接替它们的位置。这些怪兽们在地球的历史上从未相遇过，不知谁高谁低，但人类却让它们复生，彼此交战，看看谁才是真正的强者。然而纵然是霸王龙和巨齿鲨这样在进化史上罕见的超级霸主，又岂能想到它们不过是数千万年后登场的真正地球主宰——伟大的智人——的玩物呢！

雪茄抽完了，托尼走回森林中，想看看恐爪龙怎么样了。不过地上除了几只幼龙的“尸体”外，恐爪龙已经消失了。这家伙到哪儿去了？

答案很快揭晓，在托尼身后，一声熟悉的鸣叫陡然响起。托尼转身，看到恐爪龙鲜艳的羽毛竖起，盯着眼前的场景，看上去狂怒无比。它显然是在清除了记忆之后，又看到了自己的孩子们被杀的惨状。按程序这些道具应该被自动清除机撤换掉的呀，怎么还在这里呢？

恐爪龙两侧的眼睛视线聚拢在中央，喷火的眼珠望向托尼。托尼不由毛发直竖。

这不对劲，托尼想，它不可能看到我的，公园有全方位的隐形系统，难道失效了吗？出了什么岔子？

他实验性地踢了一脚身边的苏铁树，却没有感到一层温柔的防护力场将他们分开，树皮狠狠地撞上了他的脚尖。一阵钻心的痛。

恐爪龙伸直了脖颈，向他迈近了一步，羽毛长长的前肢在身体两边展开，像一只硕大无比的鸵鸟。但他知道这只“鸵鸟”可以轻松地杀死一头狮子。

一定是发生了某种意外。托尼紧张地想，各种保护系统暂时性地失效了，没关系，救援人员会很快赶到的，照理说，智能监测系统应该已经发现问题了，向恐爪龙发射麻醉针了呀，难道……

恐爪龙朝他迈了一步，托尼紧咬牙关，不是胡思乱想的时候，现在他必须战斗了，只有靠他自己。他很熟悉恐爪龙的习性和战斗模式，知道自己无法逃脱，一旦掉头跑，这只大鸟会立刻跳到自己背上，用脚上的镰刀把自己的脊椎骨挖出来，他只能和这个强敌正面交锋。恐爪龙大概有八十千克重，比他略重了几千克，但基本上还是一个数量级的。它的牙齿、手爪和趾爪都是强有力的武器，一米多长的尾巴也颇有威慑。而他，托尼，虽然并没有任何和动物搏斗的经验，但是酷爱空手道和柔道，而且经过基因优化，体能上处于人类的巅峰状态，并且拥有它不可能具有的智能。只要避开它最可怕的趾爪，然后骑到它的背上，就可以——

恐爪龙张开双臂，长鸣着向他大步奔来。托尼深深吸了口气，也大叫着冲向这个疯狂可怖的强敌。

在托尼身后，他看不到的地方，几百个小鼠人正看着一亿年前的猿猴目猩猩科的“裸猿”和两亿年前的恐龙之间的角斗，并发出欢呼声，兴奋地拍打起他们的小尾巴。他们身后，第二盘古大陆的新特提斯海正碧波万里，阳光温柔。